달섬 세계고전

5

루쉰 명작선

루쉰

鲁迅 名作選

루쉰 명작선

김은희 옮김

달섬

목차

일러두기

1. 이 번역서의 기준 판본은 중국에서 출판된 『魯迅全集』(2005년판 北京: 人民文學出版社)이다.
2. 주석은 루쉰 관련 국내외 연구 자료를 폭넓게 참고하여 옮긴이가 작성한 것이다.
3. 전집류 및 단행본 · 간행물 등은 『 』를, 단편소설 · 기사 · 논문 등은 「 」를 사용했다.
4. 외국 인명 및 지명, 작품명은 '국립국어원'의 '외래어 표기법'에 따라 표기했다.

광인일기

지금 그 이름을 밝히진 않지만, 모씨某氏 형제는 둘 다 내 중학교 시절의 아주 친한 친구들이다. 여러 해 동안 헤어진 채 떨어져 살다 보니 차츰 소식도 끊기고 말았다. 일전에 우연히 그중 하나가 많이 아팠다는 소식이 들리기에, 때마침 고향으로 돌아가던 길에 노정을 에돌아 겨우겨우 그를 찾아갔다. 그런데 아픈 사람은 그의 아우라고 했다. 보러 가느라 먼 길에 수고가 많았지만 그 친구는 벌써 병이 완쾌되어 모지某地의 후보로 부임했다 한다. 그러더니 껄껄 웃으며 두 권의 일기를 꺼내 보이고는 내게 이렇게 말했다. 그즈음의 병의 증상을 알 수 있을 것이니, 옛 친구에게 주어도 상관없겠지. 하여 가지고 돌아와 읽어 보니 그건 피해망상증 부류의 병이었다. 하는 말이 뒤죽박죽 순서도 없는데다 황당한 말도 많았고, 날짜도 적혀 있지 않았는데 먹 색깔과 글씨체가 들쭉날쭉한 것으로 보아 한 날에 쓴 것은 아님을 알 수 있었다. 간혹 제대로 갖추어진 문맥도 있기에 여기 몇 편을 뽑아 의사들의 연구 자료로 제공하고자 한다. 기록 중에 틀린 말도 있었겠지만 한 자도 고치지 않았다. 너나 나나 모두 시골 사람들로 세상에 알려져 있지 않으니 별 상관이야 없겠지만, 그래도 인명만은 모두 고쳤다. 책 이름은 저자 본인이 다 나은 후에 붙였기에 고치지 않았다. 7년 4월 2일(역자 주: 1918년 4월 2일)에 적다.

1

오늘 밤은 참으로 달빛이 좋다.

달을 보지 못한 게 어느덧 30여 년 세월인데, 오늘에야 보게 되니 정신이 전에 없이 상쾌하다. 이제야 지난 30여 년 세월이 죄다 모호한 안갯속이었음을 깨달았다. 그래도 모름지기 조심, 또 조심해야 하는 법. 그렇지 않다면 저 자오趙씨네 개가 무엇 때문에 날 흘긋흘긋 쳐다보겠는가?

내가 겁을 집어먹을 만도 하다.

2

오늘은 달빛이 전혀 없다. 뭔가 심상치 않을 것 같은 예감이 든다. 아침에 조심스레 문을 나서는데, 자오구이趙貴 영감의 눈초리가 의심쩍었다. 나를 겁내는 것도 같고, 나를 해치려는 것 같기도 했다. 거기다 일여덟 명은 귓속말로 나에 대해 쑥덕거리면서 행여 내가 볼까 겁을 집어먹고 있었다. 길거리의 사람들도 하나같이 마찬가지였다. 그들 가운데 제일 험상궂게 생긴 놈이 입을 한껏 벌린 채 나를 보며 히죽거렸다. 순간 머리끝에서 발꿈치까지 소름이 쫙 돋았다. 놈들의 꿍꿍이셈이 벌써 다 짜여 있는 걸 알아챘다.

난 전혀 겁내지 않고 가던 길을 그대로 걸었다. 앞쪽에 한 무리의 조무래기 아이들도 저만치에서 날 두고 쑥덕거렸다. 눈초리도 자오구이 영감과 다를 바 없고 얼굴색도 죄다 푸르죽죽했다. 저 녀석들과 무슨 원수를 졌다고 내게 이러는 걸까. 도저히 참을 수가 없어 버럭 소리를 질렀다. "뭐야, 이놈들!" 아이들이 줄행랑을 놓았다.

나는 생각했다. 내가 자오구이 영감과 무슨 원수질 일이 있는 걸까? 거리의 사람들과는 또 무슨 원수를 졌을까? 20년 전에 구주古久 선생의 케케묵은 장부를 걷어차는 바람에 구주 선생이 몹시 언짢아하던 일밖에 없는데. 자오구이 영감이 구주 그를 알진 못하지만 틀림없이 소문으로 전해 듣고 화가 나서 내게 누명을 씌워 적대하자고 길거리 사람들과 약속을 한 것이리라. 그렇다면 저 꼬맹이 조무래기들은? 그 당시라면 아직 세상에 태어나기도 전인데, 오늘 무엇 때문에 겁을 먹은 듯, 해치려는 듯 수상쩍은 눈알을 요리저리 부라리는 걸까? 이런 행동은 정말이지 나를 두렵고도 어리둥절하며, 또 마음 아프게 하는 일이다.

그래, 알겠다! 이건 녀석들의 아비 어미가 가르쳐 준 것임에 틀림없다!

3

밤엔 노상 잠을 이룰 수가 없다. 일이란 모름지기 이 모양 저 모양으로 따져 보아야 알 수 있는 법.

그들 중에는 지현知縣에게 칼이 씌워진 자도 있고, 신사紳士에게 귀싸대기를 얻어맞은 자도 있으며, 아전衙前에게 마누라를 빼앗긴 자도 있고, 아비 어미가 빚 독촉에 세상을 등진 자도 있다. 그 당시 그들의 낯빛은 어제처럼 무섭지도, 거칠지도 않았다.

제일 요상한 것은 어제 길거리의 그 아낙네이다. 자기 자식을 때리면서 말로는 "이 웬수야! 물어뜯어도 시원찮을 놈아!"라고 하는데, 정작 눈빛은 날 바라보고 있었다. 섬뜩한 놀라움을 감출 길이 없었다. 그러더니 시퍼런 얼굴에 송곳니를 드러낸 한 떼거지의 사람들이 시끌벅적하게 웃음보를 터뜨렸다. 천라오우陳老五가 황급히 쫓아와 억지로 나를 끌어 집으로 돌아왔다.

집으로 끌고 오자 집안사람들은 아무도 나를 아는 척하지 않았다. 그들의 눈초리도 다른 사람들과 별반 다를 게 없었다. 내가 서재로 들어서자 서둘러 얼른 밖에서 문을 잠가 버렸다. 영락없이 닭이나 오리를 가두듯 말이다. 이런지라 나는 더 이상 내막을 캐낼 수 없었다.

며칠 전, 늑대촌의 소작인이 흉작을 하소연하러 와서는 큰형님에게 건네는 이야기가, 자기네 마을에 흉악하기 짝이 없는 자가 사람들한테 맞아 죽었는데, 몇몇 사람이 담이 커진다면서 그 자의 간과 심장을 파내 기름에 튀겨 먹었다는 것이다. 내가 한마디를 끼어들자 소작인과 큰형님이 나를 힐끔 쳐다보았다. 오늘에서야 비로소 그들의 눈초리가 바깥의 저자들과 흡사 매한가지라는 걸 알게 되었다.

생각하다 보니 문득 머리끝부터 발끝까지 온몸에 소름이 돋았다.

그들이 사람을 잡아먹을 줄 안다면, 나를 잡아먹지 말라는 법이 있을까.

들었지? "물어뜯겠다!"는 아낙네의 말이나, 푸르죽죽한 얼굴에 송곳니를 드러낸 사람들의 웃음이나, 엊그제 소작인의 말은 죄다 암호인 게 분명해. 그 사람들의 말은 온통 독으로 가득 차고 웃음조차도 칼로 가득 차 있음을 간파했다. 번들번들하게 늘어선 놈들의 이빨은 다름 아닌 사람을 잡아먹는 도구인 것이다.

내 스스로 나쁜 사람은 아니라고 생각하지만 구古씨네 장부를 걷어찬 뒤로 사실 그렇게 단정 짓기도 어려워졌다. 자기들끼리야 무슨 딴 속셈이 있는 모양이지만, 나로서는 도통 가늠할 수가 없다. 하물며 서로 배짱이 뒤틀리면 그 안에서 누구라도 나쁜 사람이라고 단정 지어 버리는 바에야. 큰형님이 내게 문장작법을 가르쳐 주던 때를 나는 또렷이 기억한다. 아무리 훌륭한 사람이라도 그를 몇 마디 뒤엎어 놓으면 큰형은 동그라미를 몇 개씩 쳐주었고, 못된 사람도 몇 마디 싸고돌면 "기상천외한 생각이 군계일학"이라고 말하지 않았던가. 그러니 저들이 어떤 꿍꿍이를 꾸리고 있는지 도대체 내가 상상이나 할 수 있었겠는가. 하물며 잡아먹으려는 때였으니.

무릇 일이란 모름지기 이모저모 꼼꼼히 따져 보아야 알 수 있는 법. 예로부터 사람을 노상 잡아먹어 왔다는 사실은 나도 기억하고 있지만 그다지 확실한 것은 아니다. 그런지라 역사를 뒤적이며 조사해 보았다. 이 역사에는 연대가 없는 대신 '인의도덕仁義道德'이라는 글자가 페이지마다 비뚤비뚤 적혀 있었다. 어차피 잠도 들지 않기에 밤이 늦도록 찬찬히 살펴보았다. 글자의 틈새에서 글자가 보이는데, 책 빼곡히 쓰여 있는 두 글자는 바로 '식인食人'이었다!

이토록 많은 글자가 책에 쓰여 있고, 그토록 많은 이야기를 소작인들이 했건만, 변함없이 환한 웃음에 수상쩍은 눈을 부릅뜨고서 나를 주시했던 것이다.

나도 사람이다 보니, 놈들이 나를 잡아먹으려 하는구나!

4

아침나절 나는 한동안 꼼짝 않고 앉아 있었다. 천라오우가 밥을 들고 들어왔다. 야채 한 접시에 생선찜 한 접시. 눈깔은 희고 딱딱한데다 입을 쩍 벌리고 있는 이 생선의 모양새가 마치 사람을 잡아먹으려는 그놈들과 다를 바 없었다. 몇 젓가락 손을 댔다 미끌거리는 게 생선인지 사람인지 도통 분간이 안 되는지라, 뱃속의 것을 몽땅 토해 내고 말았다.

"라오우! 답답해 죽겠어. 마당에 좀 나가 걷고 싶으니 큰형님께 말 좀 전해 주게." 라오우는 아무런 대꾸도 없이 나가더니, 이내 돌아와 문을 열어 주었다.

나는 꼼짝도 안하고서 그들이 나를 어떻게 쥐고 흔들어 댈지를 하나하나 따져 보았다. 깨달음이 왔다. 그들이 나를 조용히 내버려 두지 않을 거라는걸. 아니나 다를까! 큰형은 늙은이 하나를 대동하고 천천히 내 쪽으로 다가왔다. 그 늙은이의 눈빛은 흉악함으로 가득한데, 내게 들킬까 봐 땅바닥 쪽으로 고개를 수그리고서 안경테 너머로 흘끔흘끔 나를 탐색하는 중이었다. 큰형이 말했다. "오늘은 상당히 괜찮아 보이는구나." 나는 대답했다. "네, 형님." 그러자 큰형이 말했다. "허何 선생께 오늘 널 좀 진찰해 주십사고 부탁드렸다." 나는 대답했다. "좋습니다!" 사실 이 늙은 영감이 분장한 망나니라는 것을 내가 모를 턱이 있겠는가! 맥을 짚어 본답시고 살이 쪘는지 말랐는지 염탐하는 것임에 틀림없었다. 이 공로로 자기도 고기나 한 덩어리 나눠 받아 먹겠지. 그래도 난 겁낼 것이 없었다. 사람을 잡아먹진 않지만 담력만큼은 그들보다 훨씬 셌으니까. 나는 두 주먹을 불쑥 내밀고서 놈이 무슨 수작을 부리는지 노려보았다. 그 늙은이는 앉아서 눈을 감은 채 한참을 만지작거렸다. 얼마큼 가만히 멍하고 있더니, 그 흉측한 눈을 뜨면서 이렇게 말했다. "허튼 생각일랑 말고, 얌전히 며칠 요양하면 괜찮아질 겁니다."

잡생각 말고 얌전히 요양이나 하라고! 요양해서 살이 통통하게 오르면 자기들이야 당연히 더 많이 먹을 수 있겠지만, 내게 득 될 게 뭐 있으며 어떻게 '나을 수 있다'는 말인가? 사람을 잡아먹고 싶으면서도 음흉스럽게 어물쩍 감출 꼼수에 선뜻 손을 못 쓰는 저놈들의 추태가 정말 꼴사나워 죽을 지경이다. 나는 도저히 참을 수가 없어 큰 소리로 웃음을 터뜨렸다. 그랬더니 기분이 한결 좋아졌다. 이 웃음 속에 용기와 정의가 충만하다는 걸 나는 잘 알고 있다. 늙은이와 큰형은 그만 아연실색했다. 나의 이 용기와 정의감에 압도당한 것이리라.

하지만 나의 용기를 간파한 그들은 더욱더 날 잡아먹으려 했다. 이 용기의 덕을 조금이라도 보려는 것이겠지. 늙은이는 성큼 문을 나서더니 얼마 안 가 큰형에게 나지막한 소리로 이렇게 운을 뗐다. "서둘러 먹어 치웁시다!" 큰형도 머리를 끄덕였다. 알고 보니 큰형님 당신도! 이 막중한 발견은 의외의 일인 듯하지만,

이미 짐작은 하고 있었다. 패거리들을 불러 모아 나를 잡아먹으려는 자가 다름 아닌 바로 내 형인 것이다!

사람을 잡아먹는 자가 바로 내 형이라고!

나는 사람을 잡아먹는 자의 동생이다!

내 자신은 남에게 잡아먹히지만, 여전히 사람을 잡아먹는 자의 동생인 것이다.

5

요 며칠 사이 한 걸음 물러나서 곰곰이 생각해 보았다. 그 늙은 영감이 분장한 망나니가 아니라 진짜 의사라 할지라도 사람을 잡아먹기는 매한가지이다. 그의 원조 스승인 이시진李時珍이 쓴 『본초本草뭔가…』라는 책에 분명히 사람 고기를 구워 먹을 수 있다고 쓰여 있다. 그런데도 자기는 사람을 잡아먹지 않는다고 잡아뗄 수 있을까?

우리 큰형도 억울한 누명을 쓴 것이 결코 아니다. 형이 내게 글을 가르칠 때, 형님 입으로 '자식을 바꾸어 먹을 수 있다'고 말한 적이 있다. 또 한 번은 어쩌다 어떤 나쁜 사람의 이야기가 나왔었는데, 그때 형은 그놈을 죽여야 한다고 했고, 그것도 '살은 먹고 가죽은 깔고 자야 한다'고 했다. 어렸던 그 시절 나는 그 말에 한참 동안이

나 가슴이 쿵쾅거렸다. 엊그제 늑대촌의 소작인이 와서 심장과 간을 먹었다는 이야기를 할 때도 그는 이상하게 생각하기는커녕 연거푸 고개를 끄덕였다. 전과 다름없이 잔인한 속셈을 드러내는 것이리라. '자식을 바꾸어 먹을' 정도라면 뭐든 바꾸어 먹을 거고, 누구라도 잡아먹을 수 있을 것이다. 예전에는 그의 설교를 듣기만 하고 대충 넘겼는데, 이제는 훤히 그 속을 알게 되었다. 그가 설교를 늘어놓을 때 입가에는 사람 기름이 번지르르하게 칠해져 있을 뿐 아니라, 속으로는 사람을 잡아먹고 싶은 생각뿐이라는 것을.

6

칠흑처럼 어두워 낮인지 밤인지 분간할 수가 없다. 자오씨네 개가 또 컹컹 짖어 댄다.

음흉한 사자처럼, 겁 많은 토끼처럼, 교활한 여우처럼…….

7

나는 그자들의 수법을 알아차렸다. 제 손으로 죽이는 건 내키지 않고, 또 그럴 배짱도 없는 위인들이다. 재앙이 닥칠까 두려우니까. 그러니 그자들은 여기저기 연락을 취해 그물을 치고 내가 스스로 목숨을 끊도록 몰아가는 것이다. 며칠 전 거리의 남녀의 모습이나, 최근 큰형의 움직임을 살펴보면 충분히 짐작이 가고도 남는 일이다. 하긴 허리띠를 풀어 대들보에 스스로 목을 매달아 죽는 일이 제일 좋을 것이다. 그자들은 살인의 죄명을 쓰지 않고서도 소원을 이룰 테니, 당연히 기쁨에 넘쳐 목메어 우는 웃음소리를 터뜨리겠지. 설령 두려움과 근심 속에 죽어 간다 해도, 조금 야위긴 했어도 이 정도쯤이야 하고 머리를 끄덕일 게다.

하지만 그자들은 죽은 고기밖에 먹을 줄 모르지 않는가! 어느 책에선가 '하이에나'에 대해 읽었던 게 기억난다. 눈빛과 생김새는 흉측하기 그지없고 항상 죽은 고기만 먹는데, 아무리 커다란 뼈다귀도 냅다 잘게 씹어 삼켜 버린다니 생각만으로도 소름이 돋는다. '하이에나'는 늑대의 친척이며, 늑대는 개의 한 종족이다. 엊그제 자오씨네 개가 나를 힐끔거리던데, 그놈도 한통속으로 이미 줄을 놓은 모양이다. 그 늙은이는 땅바닥만 내려다보고 있었지만, 어디 나를 속일 수 있을까 보냐.

제일 불쌍한 건 그래도 내 큰형이다. 그도 사람의 탈을 쓰고, 어찌하여 일말의 두려움도 없이 패거리를 모아 나를 잡아먹으려 한단 말인가? 이제껏 습관적으로 하다 보니 잘못이라는 생각조차 못하는 것일까? 아니면 양심조차 내버려 뻔히 잘못인 줄 알면서도 일부러 범하는 것일까?

나는 사람 잡아먹는 사람에 대한 저주를 형부터 시작해야겠다. 사람 잡아먹는 것을 말리는 것도 형부터 우선적으로 해야겠고.

8

이제 이런 이치쯤은 그자들도 벌써 알고 있어야 당연하겠지만…….

느닷없이 누군가 찾아왔다. 나이는 스물 안팎으로, 얼굴은 영특해 보이지 않는데, 만면에 웃음을 띤 채 나에게 고개를 끄덕였다. 그의 웃음도 진짜 웃음 같지는 않았다. 내가 그에게 물었다.

"사람을 잡아먹는 일이 옳은 것이오?"

그는 여전히 웃으면서 대답했다.

"흉년도 아닌데 뭐 하러 사람을 잡아먹는단 말입니까?"

이놈도 사람 잡아먹기를 좋아하는 한 패거리임을 나는 금세 알아차렸다. 나는 용기백배하여 끈질기게 따졌다.

"옳은 일인가 말이오?"

"그런 일을 물어서 뭘 하시려 그러오? 당신은 참…… 농담도 잘하십니다. ……오늘은 날씨가 참 좋네요."

날씨야 좋지, 달빛도 밝고. 하지만 너한테 물어 봐야겠어.

"옳은 일인가?"

그는 그렇다고 생각하진 않았다. 그냥 모호하게 대답했다.

"그렇진……."

"옳지 않다고? 그런데 그자들은 왜 기어이 잡아먹으려고 하는 거지?"

"그런 일은 없어요……."

"없다고? 늑대촌에서는 지금도 잡아먹고 있고, 책에도 쓰여 있다니까. 시뻘겋고 싱싱하다고!"

그는 새파랗게 질린 얼굴로 눈을 동그랗게 뜨고 말했다.

"혹 있을 수도 있겠지요. 여태껏 그래 왔으니까……."

"여태껏 그래 왔다면 옳단 말이오?"

"당신과 이런 이야기는 그만하겠소. 어쨌든 이런 이야긴 하지 마시오. 당신 말은 잘못되었다고요!"

내가 벌떡 일어나 눈을 부릅뜨니 그자는 어느새 사라져 버렸다. 땀으로 온몸이 흥건히 젖어 있었다. 그자는 내 큰형보다 훨씬 어린 사람인데, 의외로 그자 역시 한 패거리였다. 보나마나 이건 그의 아비 어미가 일찍부터 가르친 것이리라. 어쩌면 진즉에 그의 자식들에게도 가르쳤을지 모른다. 그러니 꼬맹이들까지 죄다 나를 사납게 쳐다보는 것이리라.

9

사람을 잡아먹으려 하면서도 남에게 잡아먹히는 건 두려운지 너도나도 의심 가득한 눈초리로 서로 상대의 얼굴을 힐끗거린다…….

이런 생각을 내려놓고 마음 편히 일하고 길을 가고, 밥을 먹으며 잠을 잘 수 있다면 얼마나 편안할까. 이건 그저 문지방 하나, 고비 하나일 뿐인데……. 그런데도 그자들은 부자, 형제, 부부, 친구, 사제, 원수와 생면부지의 사람들조차 모두가 한 패거리로, 서로를 격려하고 견제하면서 한사코 이 한 걸음을 내딛으려 하질 않으니.

10

이른 아침 댓바람에 큰형을 찾아갔다. 그는 안채 문밖에서 하늘을 올려보고 있었다. 나는 형의 뒤로 걸어가 문을 막아 선 채 한껏 차분하고 살갑게 말을 건넸다.

"큰형님, 드릴 말씀이 좀 있습니다."

"그래, 말해 보거라."

그는 얼른 얼굴을 돌리며 고개를 끄덕였다.

"고작 몇 마디 안 되는데, 입이 도통 떨어지지 않네요. 큰형님, 아마 원시 야만인들은 다들 사람을 잡아먹었겠지요. 나중에 마음을 바꿔 먹고, 어떤 자는 더는 사람을 잡아먹지 않고 꿋꿋하게 착해지려고 노력하여 사람이 되고 참된 사람으로 변화되었고요. 반면에 어떤 자는 여전히 사람을 잡아먹었지요. 마치 벌레처럼 말입니다. 어떤 자는 물고기, 새, 원숭이 같은 것으로 변했다가 마침내 인간으로 탈바꿈했지요. 또 어떤 자는 착해지려고 노력조차 하지 않아 지금도 여전히 벌레입니다. 사람을 잡아먹는 인간은 사람을 잡아먹지 않는 인간에 비해 얼마나 수치스럽습니까. 이것은 아마도 벌레가 원숭이를 보고 부끄러워하는 것과는 비교도 안 될 겁니다.

역아易牙가 자기 자식을 삶아서 걸주桀紂에게 먹인 건 그래도 아주 머나먼 옛날 일이죠. 하지만 누가 알았겠습니까? 반고盤古가 천지를 개벽한 이래 역아의 아들을 잡아먹기에 이르고, 역아의 아들로부터 쉬시린徐錫林을 잡아먹기에 이르고, 쉬시린으로부터 또 늑대촌에서 붙들린 사람을 잡아먹기에 이를 줄을. 작년에 성 안에서 범인이 처형되었을 때 폐병을 앓던 사람이 만두로 그 피를 찍어 핥아먹기도 했다지요.

그들이 날 잡아먹으려고 합니다. 형님 혼자서는 도저히 방법이 없겠지요. 그렇다고 해서 꼭 그놈들 패거리에 끼어들어야만 했습니까? 사람을 잡아먹는 놈들이 무슨 짓인들 못하겠습니까.

놈들은 나를 잡아먹을 것이고, 그 다음엔 형님 차례일 것입니다. 심지어 같은 패거리 안에서도 서로 잡아먹을 겁니다. 하지만 한 걸음만 방향을 틀어 주면, 또 즉시 개선하려고만 하면, 사람들 모두가 태평하고 평안해질 겁니다. 지금까지 그래 왔더라도 오늘 당장 착해질 수도 있으니, 제발 안 된다고 말씀해 주세요! 큰형님! 나는 형님이 그렇게 말씀하실 수 있으리라 믿습니다. 엊그제 소작인이 소작료를 줄여 달라고 하자 형님은 안 된다고 말씀하셨죠."

처음에 형은 냉랭한 미소만 짓고 있다가 이내 사나운 눈빛으로 돌변하더니, 내가 그들의 속내를 들추어내자 얼굴이 온통 새파래졌다. 대문 밖에 서 있던 한 패거리들, 그 속에는 자오구이 영감과 그의 개도 있었는데, 다들 머리를 디밀어 두리번거리면서 밀치듯 들어왔다. 어떤 자는 천으로 얼굴을 가린 듯하여 얼굴을 알아볼 수 없었고, 어떤 자는 여전히 푸르죽죽한 얼굴과 송곳니에 입술을 오므린 채 웃음기를 흘리고 있었다. 나는 그들 모두가 한 패거리이고 하나같이 사람을 잡아먹는 놈들이란 걸 알아차렸다. 그러나 그들의 생각이 아주 제각각이라는 것도 알고 있었다. 여태껏 그래 왔으니 잡아먹어야 마땅하다고 여기는 부류가 있는가 하면, 잡아먹어서는 안 되는 줄 알지만 그래도 잡아먹으려 하면서 혹 남이 들통 낼까 싶어 겁을 먹고서 내 말끝을 길길이 잡아떼며 입술을 오므린 채 냉소를 흘리는 부류도 있다.

이때 큰형이 갑자기 흉측한 얼굴을 드러내더니 소리소리 고함을 질렀다.

"모두 나가시오! 미친놈이 무슨 구경났다고!"

나는 이때 다시금 그들의 교묘한 수법을 알았다. 그들은 고치는 것은 고사하고 진즉 짜놓은 각본대로, 미친놈이라는 이름 아래 내게 몽땅 다 뒤집어씌우려는 것이다. 혹여 장차 잡아먹는다 할지라도 무사태평할 뿐 아니라 어쩌면 놈들 사정을 봐 줄 사람도 있을 것이다. 흉악한 사람을 여럿이서 잡아먹었다는 소작인의 이야기도 바로 이런 수작이리라. 이것은 그들이 노상 쓰는 상투적인 수법 아닌가!

천라오우도 몹시 화를 내면서 곧장 들이닥쳤다. 하지만 내 입을 어떻게 틀어막겠는가! 나는 기어이 이 패거리에게 말하고야 말겠다.

"너희는 고칠 수 있어! 진심으로 고쳐 먹으라구! 장차 사람을 잡아먹는 자는 이 세상에서 살아가도록 결단코 용납되지 않을 것임을 명심하란 말이야. 너희가 고치지 않으면 너희 자신도 먹혀 버리고 말 거야. 설사 애를 줄줄이 낳는다 해도 참된 인간에게 멸절당하고 말 거라고! 마치 사냥꾼이 늑대 씨를 말리듯이! 벌레처럼 말이야!"

그 패거리는 모두 천라오우에게 쫓겨났다. 큰형도 어디론가 사라져 버렸다. 천라오우는 방으로 돌아가자고 나를 달랬다. 방

안은 온통 칠흑같이 캄캄했다. 들보와 서까래조차 죄다 머리 위에서 덜덜 떨렸다. 한참을 떨다가 점차 커지더니 내 몸 위를 덮쳤다.

무겁기 그지없어 꼼짝도 할 수 없었다. 나를 죽이려는 것이었다. 그 무게가 거짓이라는 걸 나는 알고 있다. 몸부림친 끝에 빠져나오니 온몸이 땀으로 범벅이다. 하지만 기어이 말해야겠다.

"너희들, 지금 당장 고쳐야 해. 진심으로 고쳐 먹으라구! 장차 사람을 잡아먹는 자는 용납되지 않을 거란 걸 알아야 한다고……."

11

해도 뜨지 않고 컴컴한 채 방문도 열리지 않는다. 어제도 오늘도 매번 두 끼의 식사.

젓가락을 들자 큰형이 떠올랐다. 누이동생이 죽은 것도 바로 큰형 때문이라는 깨달음이 바로 왔다. 그때 누이는 고작 다섯 살이었지. 그 앙증맞고도 애달픈 모습이 아직도 눈에 아른거린다. 어머니는 끝도 없이 눈물을 흘리셨다. 형은 울지 말라고 어머니를 달랬으나, 아마 자기가 잡아먹었는지라 어머니의 눈물에 조금은 마음이 편치 않았을 것이다. 아직도 마음이 불편한 거라면…….

누이는 큰형에게 잡아먹힌 것이다. 어머니가 알고 계셨는지 아닌지 사실 나는 알지 못한다.

아마 어머니도 알고 계셨던 듯하다. 우시면서도 아무 말씀이 없으셨는데, 아마도 당연한 일이라고 여기신 것 같다. 내 기억에 네댓 살 때였던가. 대청마루에 앉아 바람을 쐬고 있었는데, 큰형이 내게 이렇게 말했다. 부모님이 병드시면 자식된 자는 살을 한 점 베어 삶아 드시게 해야 훌륭한 사람이라고. 어머니 역시 안 된다고 말씀하시진 않으셨다. 한 점을 먹는다면 물론 통째로도 먹을 수 있겠지. 하지만 그날 눈물을 흘리며 우시던 모습은 지금 떠올려 보아도 마음이 애잔하다. 참으로 묘한 일이다!

12

도저히 생각조차 할 수 없게 되었다.

사천 년 동안 쉼 없이 내리 사람을 잡아먹어 온 곳. 오늘에야 깨달음이 왔다. 나 또한 그 속에서 섞여 살았다는 사실을. 절묘하게도 누이가 죽던 때 큰형이 집안일을 도맡아 하고 있었다. 어쩌면 음식 속에 섞어서 몰래 우리에게 먹이지 않았으리라는 법도 없잖은가.

나도 모르게 내 누이의 살점을 먹지 않았다고 장담할 수는 없잖은가. 이젠 내 차례가 된 거지…….

사천 년 동안 사람을 잡아먹은 이력을 가진 나, 처음에는 몰랐겠지만 이젠 알게 되었다. 진실된 사람을 만난다는 건 실로 어려운 일이라는걸!

13

사람을 잡아먹어 본 적이 없는 아이들이 혹시 아직도 있을까?

아이들을 구해야 할 텐데…….

1918년

쿵이지

루전魯鎭의 술집 구조는 여느 곳과는 사뭇 달랐다. 곱자 스타일의 커다란 계산대가 거리 쪽으로 붙어 있고, 계산대 안쪽으로는 언제든 술을 데울 수 있는 뜨거운 물이 준비되어 있다. 한낮이나 해가 질 무렵이면 늘 그랬듯 일을 마치고 돌아가는 일꾼들이 네 푼 동전으로 술 한 사발을 사서 – 이건 이십여 년 전의 일이니까, 지금은 아마도 한 사발에 열 푼으로 올랐을 것이다 – 계산대 밖에 기대어 뜨뜻하게 한 사발을 들이켜며 쉬어 가곤 했다. 한 푼을 더 내면 소금물에 데친 죽순이나 회향두茴香豆 한 접시를 사서 안주 삼아 먹을 수 있었다. 열 몇 푼 정도면 고기로 만든 요리도 살 수 있지만, 이곳을 드나드는 술꾼들은 대부분 짤록한 옷차림의 막벌이꾼인지라 대개는 그다지 호사를 누릴 형편은 아니었다. 다만 긴 두루마기(長衫)를 입은 손님들만이 가게 옆의 방 안으로 어깨를 거들먹거리며 들어가 술과 고기를 주문하고서 느긋하게 앉아 마실 수 있었다.

열두 살 때부터 나는 마을 어귀에 자리잡은 셴헝咸亨주점에서 심부름을 했다. 주인은 내 행색이 너무도 어리숙해서 장삼 입은 단골손님들은 접대하지 못할 것 같다며 밖에서 잔심부름이나 거들라고 했다. 바깥에 서 있는 짧은 옷차림의 단골들은 상대하기가 그다지 어렵진 않았지만, 이러거니 저러거니 횡설수설하는 사람도 적지 않았다. 그들은 걸핏하면 술 항아리에서 황주黃酒를 잘 퍼내는지를 직접 확인하려 하고, 술 주전자 바닥에 물이 있나 없나를 살핀 후에도 또 술 주전자를 뜨거운 물에 넣는지를 자기 눈으로 보고서야 안심을 했다. 이렇게 철저하게 감독하는 분위기에서 술에 물을 타기란 참으로 쉽지 않은 일이었다. 그런지라 며칠 뒤 주인장은 나더러 이런 일도 야무지게 못한다고 또 나무랐다. 그래도 소개해 준 사람의 체면 덕분에 다행히 쫓겨나지는 않았지만, 이후론 술을 데우는 하품 나는 일만 맡아 하게 되었다.

이때부터 나는 하루 진종일 계산대 안쪽에 서서 내 일만 했다. 별다른 실수는 저지르지 않았지만 매번 단조롭고 지겹게 느껴졌다. 주인장의 얼굴은 험상궂은데다 술집을 찾는 단골들도 말투가 거칠고 고운 구석이라곤 없는지라 활기 넘칠 일도 없었다. 오직 쿵이지孔乙己가 가게에 왔을 때라야 그나마 몇 번쯤 웃을 수 있었기에 지금까지도 또렷이 기억하고 있다.

쿵이지는 서서 술을 마시는 사람들 가운데 유일하게 장삼을 걸친 사람이었다. 그는 훤칠한 키에 창백한 얼굴 주름 사이로 노상 상처 자국을 달고 다녔고, 몹시 헝클어진 수염을 희끗희끗 달고 다녔다. 옷은 비록 장삼을 걸쳤으나 꾀죄죄하고 누더기 같은 게 십 년이 넘도록 꿰매지도 빨지도 않은 듯했다. 그는 말끝마다 '이니라' 따위를 붙이는 통에 사람들을 알쏭달쏭하게 만들었다. 그는 쿵孔씨였기에 아이들의 습자교본에 적혀 있는 '상대인쿵이지上大人孔乙己'라는 아리송한 글귀에서 별명을 따와 사람들은 그를 쿵이지라고 불렀다. 쿵이지가 가게에 나타나기만 하면 술을 마시던 손님들은 모두 그를 보고 웃었다. "쿵이지, 얼굴에 새 상처가 또 생겼구먼!" 하고 목청을 돋우는 사람도 있었다. 쿵이지는 아는 척도 하지 않고 계산대 안쪽을 향해 목청껏 외쳤다.

"술 두 사발만 데워 줘, 회향두 한 접시하구."

그런 뒤 쿵이지는 아홉 푼을 늘어놓았다. 사람들은 또 일부러 큰 소리로 떠들어 댔다.

"쿵이지, 자네 또 남의 물건을 훔친 게 분명하구먼."

쿵이지는 눈을 부릅뜨며 대답한다.

"뭣 때문에 터무니없이 남의 청렴결백을 더럽히는 거야……."

"청렴결백은 무슨 놈의 청렴결백? 엊그제 내가 이 두 눈으로 똑똑히 봤는걸, 자네가 허何씨네 책을 훔쳤다가 거꾸로 붙들려 흠씬 두들겨 맞고 있는 걸 말이야!"

쿵이지는 얼굴이 벌겋게 붉어지더니 이마에 시퍼런 힘줄을 줄줄이 불퉁거리며 이렇게 항변했다.

"책을 훔치는 게 무슨 도둑질이라고……, 책을 훔치는 건! ……독서인讀書人의 일을 어찌 도둑질이라 할 수 있겠나?"

뒤이어 '군자란 본시 가난하다'느니, '……가 아니리오' 따위의 알아듣기 어려운 난해한 말을 늘어놓아 모두들 박장대소하게 만들었다. 이 덕분에 가게 안팎은 유쾌한 분위기로 가득 차게 되었다.

사람들이 귀엣말로 수군대는 말에 따르면, 쿵이지는 원래 글 좀 알았던 사람인데, 끝내 과거급제도 못한데다 생계도 꾸릴 줄 몰랐다 한다. 그 바람에 갈수록 가난해져 남의 밥이나 빌어먹게 되었다는 것이다. 그나마 다행인 것은 글씨를 잘 썼기에 남을 대신해 책을 베껴 주며 겨우 입에 풀칠이나 할 수 있었다고. 그런데 안타깝게도 쿵이지는 술만 좋아하고 일하는 건 게으름을 피우는 나쁜 습관이 있었다. 앉아서 일한 지 며칠이 채 안 되어 사람과 책, 종이, 붓, 벼루까지 한꺼번에 몽땅 흔적조차 없이 사라져 버렸다. 그런 일이 몇 번이고 되풀이되자, 쿵이지에게 책을 베껴 달라고 부탁하는 사람도 없어졌다. 때문에 쿵이지는 하는 수 없이 어쩌다보니 도둑질까지 하게 되었다. 그렇지만 우리 가게에서 그의 품행은 남보다 훨씬 나아서, 이제껏 단 한번도 외상을 미룬 적이 없었다. 간혹 현금이 모자라면 잠시 칠판에 달아 두기도 하지만, 한 달을 넘기지 않고 반드시 갚아서 칠판 위에 적힌 쿵이지란 이름을 지워 버렸다.

술을 반 사발쯤 들이켜고 나니, 쿵이지의 새빨갛던 얼굴빛이 차츰 원래의 모습으로 돌아왔다. 그러자 옆 사람이 또 물었다.

"쿵이지, 글을 정말로 아는가?"

쿵이지는 이렇게 물어 오는 사람의 얼굴을 찬찬히 쳐다보더니 대꾸할 필요도 없다는 기색이었다. 그들은 연신 질문을 던졌다.

"그런데 자네는 어찌하여 고작 반쪽짜리 수재秀才 하나도 따내지 못했는가?"

쿵이지는 이 말에 금세 기가 꺾이고 불안한 표정을 지으면서, 어두운 얼굴을 한 채 입속으로 웅얼웅얼 중얼거렸다. 이번에야말로 '이로다' 따위 일색으로 하나도 알아들을 수가 없었다. 그럴 때면 모두들 껄껄 웃음을 터뜨렸고, 가게 안팎은 유쾌한 분위기로 넘쳐났다.

이럴 때엔 나도 함께 따라 웃었고, 주인도 전혀 혼내거나 하지 않았다. 되레 주인장도 쿵이지를 볼 때마다 그런 걸 물어 사람들의 웃음을 한껏 자아냈다. 쿵이지는 그들과 이야기를 나눠 봤자 안 된다는 것을 알고 있었기에 아이들에게만 말을 걸었다. 언젠가 그가 내게 물었다.

"넌 글공부를 했느냐?"

내가 고개를 약간 끄덕이자, 그가 말했다.

"글공부를 했다고! ……그럼 한 번 시험해 볼까. 회향두의 '회茴' 자는 어떻게 쓰는지 아느냐?"

밥조차 빌어먹는 주제에 날 시험할 자격이 있나 싶어 나는 고개를 돌린 채 모르는 척 상대도 하지 않았다. 쿵이지는 한참을 기다렸다가 진지하게 말했다.

"쓸 줄 모르나 보네? ……내가 가르쳐 주마. 이런 글자는 외워 두는 게 좋다고. 앞으로 가게 주인이 되면 장부 정리에 도움이 될 테니까."

나는 속으로 나와 주인의 등급은 너무도 까마득한데다, 우리 주인장은 회향두를 장부에 올려 본 적이 없다는 생각이 들자 우습기도 하고 또 귀찮기도 하여 그냥 건성건성 대답했다.

"누가 가르쳐 달랬나요? 초두(艸) 밑에 돌아올 회回 자 아닌가요?"

쿵이지는 기분이 상당히 좋은지 두 손가락의 긴 손톱으로 계산대를 두드리며 고개를 끄덕였다.

"옳거니, 맞다 맞아! ……그 회回 자에는 서법이 네 가지가 있는데, 넌 알고 있느냐?"

나는 더는 참을 수가 없어 입을 삐쭉거리며 저쪽으로 멀리 가 버렸다. 쿵이지는 손톱에 술을 적셔 계산대에 글자를 막 쓰려던 참이었는데, 내가 시큰둥한 태도를 보이자 한숨을 푹 내쉬며 못내 안타까운 표정을 지었다.

몇 차례인가는 이웃집 조무래기들까지 웃음을 쏟아내며 와르르 몰려와 쿵이지를 에둘러 쌌다. 그때마다 그는 아이들에게 회향두를 한 사람 앞에 각각 하나씩 나눠 주었다. 아이들은 콩을 먹고 나서도 흩어질 기미를 보이지 않았고, 연신 접시만 바라보고 있었다. 그러면 쿵이지는 허둥지둥 당황스럽게 다섯 손가락을 펼쳐 접시를 덮고는 허리를 굽히며 말했다.

"이제 없다! 이제 별로 남은 게 없다구!"

그는 몸을 똑바로 세워 다시 콩을 흘긋 쳐다보고는 고개를 가로저으며 말했다.

"이제 없다니까, 별로 없다고. 아직 많다고? 많지 않으니라."

그러면 아이들은 모두들 깔깔 웃으며 흩어졌다.

쿵이지는 이렇게 사람들을 유쾌하게 만들었다. 하지만 그가 보이지 않아도 사람들은 그냥 그렇게 지냈다.

아마 추석을 며칠 앞둔 어느 날이었을 것이다. 천천히 장부 정리를 하던 주인이 칠판을 내려놓으면서 문득 이렇게 말했다.

"쿵이지가 오랫동안 보이질 않네! 아직 열아홉 푼이나 외상이 남았는데!"

그제야 나도 확실히 그가 오랫동안 찾아오지 않았다는 느낌이 들었다. 술을 마시던 어떤 손님이 말했다.

"그자가 어떻게 올 수 있겠나? ……다리가 부러졌는데."

주인이 깜짝 놀라 되물었다.

"아, 그렇답니까?"

"맨날 남의 것 훔치는 도둑질만 하더니, 이번에는 정신이 나갔나 봐. 딩거인丁擧人댁에서 도둑질을 하다니! 어떻게 그 집 물건에 손댈 생각을 했는지?"

"그래서 어떻게 되었답니까?"

"어찌 되었냐고? 자백서를 쓰고 난 뒤 흠씬 두들겨 맞았다지. 밤이 늦도록 두들겨 맞다가 다리까지 부러졌다나 봐."

"그래서요?"

"아, 그래서 다리가 부러졌다니까!"

"부러지고 나서 어떻게 됐는데요?"

"어찌 되었냐고? ……그걸 낸들 알겠나? 아마도 죽었겠지."

주인도 더는 묻지 않고, 다시 천천히 장부를 정리했다.

추석이 지나자 가을바람이 날로 차츰 썰렁해졌다. 머지않아 초겨울이다. 나는 하루 종일 불을 끼고 지내면서도 솜옷을 껴입어야만 했다. 어느 날 오후, 손님이 한 사람도 없는지라 나도 눈을 감은 채 앉아 있었다. 그런데 갑자기 "술 한 사발만 데워 줘." 하는 소리가 들려왔다. 아주 나지막했지만 귀에 익은 목소리였다. 눈을 떠보았지만 아무도 보이지 않았다. 자리에서 일어나 바깥쪽을 내다보니, 바로 그 쿵이지가 계산대 밑에서 문턱을 마주하여 앉아 있었다. 거무튀튀한 그의 얼굴은 비쩍 야위어 진즉에 꼴이 말이 아니었다. 너덜너덜한 넝마 겹옷 차림에 책상다리를 하고 있었는데 아래에는 거적때기를 깔고 있었다. 거기다 그것을 새끼줄로 어깨에 둘러매고 있었다. 나를 보자 그가 다시 말했다.

"술 한 사발만 데워 줘."

주인이 머리를 내밀고서 말했다.

"쿵이지 아닌가? 자네 아직 외상이 열아홉 푼이나 남았어!"

쿵이지는 풀이 죽은 표정으로 고개를 쳐들고 말했다.

"그건…… 다음에 와서 갚을게요! 이번에는 현금이오. 좋은 술로 주시오."

주인은 늘 그랬던 것처럼 웃으며 그에게 말했다.

"쿵이지, 자네 물건을 또 훔쳤다며!"

그런데 이번에는 별로 변명도 하지 않고서 그냥 이렇게 한마디만 대꾸했다.

"실없는 소리 마시게!"

"실없는 소리라고? 훔치지 않았다면 다리가 왜 부러졌는데?"

쿵이지는 기어 들어가는 목소리로 말했다.

"넘어졌지. 너, 넘어져……."

그의 눈빛은 더 이상 묻지 말아 달라는 듯 애원하는 눈길이었다. 그때 벌써 몇 사람이 모여들어 주인과 덩달아 웃음을 터뜨렸다. 나는 술을 데워 들고 나가 문턱 위에 내려놓았다. 그는 해진 옷 주머니에서 동전 네 푼을 더듬더듬 꺼내더니 내 손에 내려놓았다. 쿵이지의 손은 온통 흙투성이였다. 알고 보니 그는 그 손으로 짚어 가며 걸어온 것이었다. 잠시 후 그는 술을 다 마시고서 사람들의 웃음과 지껄임을 뒤로 한 채 앉은 자세로 그 손을 써 가며 느릿느릿 걸어갔다.

이후로 한동안 다시는 쿵이지를 보지 못했다. 연말이 되어 주인이 칠판을 내려놓으며 말했다. “쿵이지는 외상이 아직도 열아홉 푼이 남아 있는데!” 이듬해 단오절이 되자 주인은 또 말했다. “쿵이지는 외상이 아직도 열아홉 푼이 남아 있는데!” 하지만 그해 추석에는 아무 말도 하지 않았고, 연말이 다 되도록 그의 모습은 더 이상 보이지 않았다.

나는 이제껏 끝내 그를 보지 못했다. 아마도 쿵이지는 죽은 게 틀림없었다.

1919년

풍파

강과 닿아 있는 마당 안으로 태양이 싯누런 빛을 거둬들이고 있었다. 마당 주변으로 강에 드리워진 오구목烏桕木 잎들이 이제야 활기차게 생기를 되찾고 그 아래로 모기 몇 마리가 앵앵거리며 나풀거리고 있었다. 강 쪽으로 난 굴뚝머리에선 밥을 짓는 연기가 모락거리고 여자들과 아이들은 앞마당에 물을 뿌려 가며 탁자며 걸상을 내다놓고 있었다. 저녁밥 때인 것이다.

노인들과 남정네들은 나지막한 걸상에 앉아 큼직한 파초 부채를 부쳐 대며 한가롭게 이야기꽃을 피웠고, 조무래기들은 뛰어다니거나 오구목 아래에 쪼그리고 앉아 공기놀이를 하고 있었다. 아낙네들은 김이 모락거리는 나물 반찬과 노란 쌀밥을 들어 날랐다. 혹시 문인들이 배를 띄워 술놀이라도 벌이고 있었다면, 어떤 문호가 거나하게 시흥詩興이 일어 이렇게 읊조릴지도 모를 일이었다. "근심도 사라지고 걱정도 없으니, 실로 이것이 전원의 즐거움이로세!"

그런데 문호의 노래에는 사실과 다른 몇 가지가 있었다. 주진九斤 할매의 말을 듣지 못했으니 말이다. 할매는 찢어진 파초 부채로 걸상 다리를 두들겨 가며 벽력같이 역정을 부리고 있던 참이었다.

"나는 일흔아홉을 살았다고. 살 만큼 살았다니까. 집안이 이 지경으로 기우는 꼴은 차마 보고 싶지도 않아. 차라리 죽어 버리는 게 낫겠다. 바로 밥 때인데 볶은 콩이나 먹어 대고 있으니, 먹어서 집안을 죄다 거덜 낼 셈인 게야!"

증손녀인 류진六斤이 콩 한 줌을 쥐고 맞은편에서 달려오다 눈치 빠르게 얼른 강 쪽으로 내달았다. 그러다 오구목 뒤에 숨은 채 조막만 한 댕기머리를 빠끔 내밀더니 냅다 소리를 질렀다.

"저 할망구는 죽지도 않아!"

주진 할매는 나이에 비해 아직 듣는 귀가 멀쩡했다. 그런데 증손녀의 말은 못 들었는지 여전히 혼자서 중얼중얼 주절대고 있었다.

"정말이지, 대代가 내려갈수록 형편없어진다니까!"

이 마을은 관습상 좀 유별난 구석이 있었다. 여자가 아이를 낳으면 저울로 대개 무게를 달아 그 근수로 이름을 삼았다. 주진 할매는 쉰 살 되던 해 생일잔치를 하고서부터 해가 갈수록 불만투성이로 변해 갔다. 옛날 젊은 시절엔 날씨가 지금같이 덥지 않았다느니, 콩도 지금같이 딱딱하지 않았다느니, 여하튼 요즘 세상이 잘못되었다는 말을 입에 달고 다녔다. 거기다 류진이 증조부에 비해 무게가 세 근이나 부족하고, 제 아비 치진七斤과 비교해도 한 근이 덜 나가니 이거야말로 확실한 증거라고 했다. 그런지라 소리에 다시 힘이 실렸다.

"정말이지, 대가 갈수록 시원찮아진다니까!"

치진댁 며느리가 밥 광주리를 받쳐 들고 나오더니 별안간 광주리를 탁자에 내동댕이치면서 발끈 화를 냈다.

"노친네가 또 시작이구먼. 류진이 태어날 때 여섯 근 닷 냥 아니었어요? 우리 집 저울이 또 대충 만든 거라 무게가 잘 안 나가는 십팔 냥 저울인 탓도 있고 말이에요. 십육 냥짜리 저울을 썼더라면 우리 류진이 일곱 근도 훨씬 더 나갔을 거예요. 증조부나 조부도 아홉 근이나 여덟 근을 꽉 채웠는지 어땠는지 알 게 뭐예요. 저울이 십사 냥짜리인지도 알 수 없는 일이고……."

"정말이지, 대가 갈수록 변변치 않다니까!"

대답을 머뭇거리던 치진댁은 마침 골목 어귀를 돌아 나오는 치진을 보더니 그쪽을 향해 고래고래 핏대를 올렸다.

"야, 이 웬수야, 어딜 싸돌아다니다 이제야 돌아오는 거야. 어디 가서 뒈졌나 했네! 저녁 준비해 놓고 하염없이 기다리는 사람은 안중에도 없는 거야!"

치진은 이제껏 시골에 콕 박혀 살고 있지만 이름 한번 날려 보고 싶은 야심이야 진즉부터 마음에 품고 있었다. 치진 집안은 할

아버지로부터 자기에 이르기까지 삼 대가 호미 자루 한번 잡아 본 일이 없었다. 그 역시 뱃사공 일을 하며 매일 아침이면 대처로 나갔다가 해질녘에야 다시 루전魯鎭으로 돌아오는 것이 일상이었다. 그런지라 그는 세상 돌아가는 물정을 제법 잘 알고 있는 편이었다. 이를테면 어디서 천둥신 뇌공雷公이 지네 요정을 절단내 버리고 말았다느니, 어느 곳에선 시집도 안 간 처녀가 야차夜叉 귀신을 낳았다느니 하는 따위였다. 확실히 그는 시골 사람들 속에선 이미 유명인사가 되어 있었다. 하지만 저녁 등불 없이 밥을 먹는 여름철 농가의 철저한 관습에 비춰 볼 때 느지막하게 집으로 돌아가면 욕을 먹는 건 피할 수 없는 일이었다.

치진은 상아 부리에 백동白銅 대통의 여섯 자 이상 되는 반죽斑竹 담뱃대를 쥐고 고개를 떨어뜨린 채 천천히 걸어와 걸상에 주저앉았다. 류진도 이때다 싶어 그 옆에 바짝 달라붙어 아버지를 불렀다. 치진은 대답이 없었다.

"대가 갈수록 시원찮아진다니까!"

주진 할매가 또 주절거렸다.

치진이 느릿하게 고개를 들더니 한숨을 푹 내쉬며 입을 열었다.

"황제가 보위에 올랐다네."

치진댁은 순간 멍하다가 문득 큰 깨달음이라도 얻은 듯 거들며 나섰다.

"거 잘됐네. 대사면大赦免의 혜택이라도 입지 않을까?"

치진은 다시 한번 긴 한숨을 내쉬었다.

“난 변발이 없잖소.”

“황제가 변발이 있어야 한대요?”

“황제는 변발을 요구한대.”

“그걸 당신이 어떻게 알아요?”

치진댁이 다급한 마음에 그를 다그쳤다.

“셴헝咸亨주점에서 다들 그러더라고.”

치진댁은 순간 뭔가 직감적으로 심상치 않다는 느낌이 들었다. 셴헝주점은 믿을 만한 소식통이었던 것이다. 눈을 치켜떠 치진의 까까머리를 힐끗 올려보던 치진댁은 부아가 치밀어 올랐다. 남편이 한심스럽기도 하고 얄밉기도 또 원망스럽기도 했다. 불현듯 절망감이 밀려왔다. 밥 한 그릇을 두둑하게 담아 치진 앞에 들이밀며 아내가 날카롭게 몰아붙였다.

“빨리 밥이나 들어요! 징징 짠다고 변발이 생기기나 한답디까?”

태양이 마지막 빛을 거둬들이자 수면엔 금세 서늘한 기운이 찾아왔다. 마당에선 대접과 젓가락 달그락거리는 소리만 들려왔고, 사람들 등줄기론 이내 땀방울이 다시 송글송글 맺혔다. 밥 세 사발을 다 비운 치진댁이 무심결에 고개를 들었다. 그 순간 명치끝이 심하게 쿵쾅거리며 요동을 치기 시작했다. 오구목 이파리 사이로 작고 뚱뚱한 자오치趙七 영감이 외나무다리를 건너오는 모습이 눈에 들어왔기 때문이다. 짙은 파란색 옥양목 장삼까지 입고서 말이다.

자오치 영감은 인근 마을 마오위안茂源주점의 주인장인데, 사방 삼십 리 내에선 명사이자 학자로 독보적인 인물이었다. 그래서인지 뭔가 모르게 나리마님 같은 분위기가 물씬 풍겼다. 그는 김성탄金聖歎 평점評點의 『삼국지』를 십여 권이나 소장하고서 틈만 나면 앉아 그걸 한 글자 한 글자 읽어 내려가곤 했다. 그는 오호장군五虎將軍의 이름도 익히 알고 있었고, 심지어 황충黃忠의 자字가 한승漢升이고 마초馬超의 자가 맹기孟起라는 사실도 알고 있었다. 혁명이 일어나자 그는 도사들이 하듯 변발을 머리 꼭대기로 둘둘 말아 올리고 다녔다. 늘 깊은 한숨을 내쉬며 만약 조자룡趙子龍이 살아 있다면 세상천하가 이 지경까지 난리 속은 아니었으리라 탄식하곤 했다. 눈이 밝은 치진댁은 오늘 자오치 영감의 머리가 말아 올린 도사 모양이 아니라 앞머리를 반들반들하게 깎아 올리고 뒤로 새까만 변발을 치렁치렁 늘어뜨리고 있다는 사실을 한눈에 알아차렸다. 이건 분명 황제가 보위에 올랐다는 증거이고 뭣보다도 반드시 변발이 필요하다는 것이었다. 어디 그뿐이랴, 그건 치진이 분명 심각하고 엄중한 위험에 빠질 수도 있다는 징표이리라. 거기다 평소 같으면 자오치 영감이 옥양목 장삼을 어지간해서는 입지 않는데 말이다. 최근 삼 년 동안 딱 두 번을 입었을 뿐이다. 한 번은 그와 맞장을 떴던 곰보 아쓰

阿四가 앓아누웠을 때였고, 또 한 번은 자기 술집을 박살낸 루魯 영감이 죽었을 때였다. 이번이 세 번째로, 그에게 이건 분명 경사일 것이요, 자기 원수에겐 재앙임에 틀림없었다.

치진댁은 이 년 전 치진이 술기운에 그만 그를 "쌍놈"이라 욕한 것이 생각났다. 순간 치진에게 위험이 임박했음을 직감하자 가슴이 콩닥거리기 시작한 것이다.

영감이 가까이 다가오자 밥을 먹던 사람들이 죄다 일어나 젓가락으로 자기 밥그릇을 가리키며 말했다.

"어르신, 저희랑 진지 좀 하시지요!"

자오치 영감도 연신 고개를 끄떡이며 "어서들 드시게." 하면서 치진네 식탁으로 곧장 걸어갔다. 치진네 식구들이 다급히 인사를 건네자 그도 엷은 미소를 지으며 "어서들 들어." 하면서 밥과 반찬을 찬찬히 훑어보았다.

"나물 냄새가 향긋하구먼……, 그 소문은 들었겠지?"

그는 치진 뒤에 서서 치진댁을 마주보며 말을 건넸다.

"황제께서 등극하셨다고요."

치진이 끼어들었다.

치진댁은 자오치 영감의 얼굴을 바라보며 한껏 웃음기를 담아 말했다.

"황제께서 보위에 오르셨다니 언제쯤 대사면의 은혜를 베풀어 주실까요?"

"대사면의 황은皇恩이라……? 지금 당장은 아니라도 언젠간 대사면을 내리시겠지."

그러더니 갑자기 목소리에 엄중한 서슬이 돋기 시작했다.

"한데 자네 남편 변발은? 변발이 어찌되었냐 말일세? 이건 보통 문제가 아닌데. 자네들도 알다시피, 장발적 그 난리 때 머리털을 남기자니 머리통이 달아나고, 머리통을 남기자니 또 머리털이 달아났잖아……."

치진네 부부는 책이라고는 가까이해 본 적이 없는지라 이런 문자놀이의 오묘함은 이해할 턱이 없었다. 하지만 식견 높은 자오치 영감이 이렇게까지 말하는 것으로 보아 사태가 되돌릴 수 없는 심각한 지경에 이르렀음을 직감적으로 느꼈다. 그런지라 사형선고라도 받은 사람처럼 귀에서는 웽 하는 소리가 들리고 더는 말을 한마디도 뗄 수 없었다.

"대가 갈수록 변변찮아진다니까……."

투덜대던 주진 할매가 이 틈을 타 영감에게 말을 걸었다.

"요즘 장발적은 사람들 변발을 잘라서 중도 아니고 도사도 아닌 꼬락서니로 망쳐 놓고 만다니까. 왕년의 장발적은 그래도 어디 그랬나? 나는 일흔아홉을 살았으니 살 만큼 살았지. 왕년의 장발적은 어땠는고 하니 새빨간 한 필 비단으로 머리를 칭칭 동여매서 아래로 축 늘어뜨려 발뒤꿈치까지 닿게 했지. 황제마마는 누런 비단을 늘어뜨렸구, 누런 비단 말이여. 새빨간 비단에 누런 비단…… 에구, 나야 살 만큼 살았지. 내 나이 일흔아홉이면."

치진댁은 몸을 일으켜 세우며 혼잣말로 중얼댔다.

"이 일을 어찌하면 좋단 말이오? 애 어른 할 것 없이 모두들 저 양반만 바라보고 사는데……."

영감은 고개를 설레설레 가로저었다.

"별 도리가 없잖나. 변발이 없으면 어떤 처벌을 받아야 하는지 책에 조목조목 분명하게 쓰여 있으니 어쩌겠나. 집안 권속 따위야 무슨 상관을 하겠냐 말이시."

책에 적혀 있단 말에 치진댁은 그만 완전히 절망하고 말았다. 혼자 뛰어봤자 별 도리가 없는 일이었다. 불현듯 또 치진이 얄밉고도 원망스러웠다. 그녀는 젓가락으로 치진의 코끝을 가리키며 내뱉었다.

"이 웬수야. 싸다 싸, 그럴 줄 알았다고! 혁명 모반이 일어났을 때 그토록 내가 말했잖아. 뱃일도 나서지 말고 대처에도 가지 말라고. 들은 척도 안하고 그저 기를 쓰고 기어 나가더니 결국엔 변발을 잘리고 말았잖아. 왕년엔 윤기 흐르는 새까만 변발이 찰랑찰랑한 게 그리도 보기 좋더구먼, 지금 그 꼬락서니 하고는. 중도 아니고 도사도 아닌 것이. 이 인간이야 자업자득이라 치더라도 우린 끌려 들어가 뭘 또 어쩌라는 것인지? 이 웬수 같은 인간아……."

자오치 영감이 마을로 발걸음을 돌린 걸 보고 동네 사람들은 부랴부랴 치진네 식탁으로 몰려들었다. 자기 딴엔 나름 유명인사라 생각하던 치진이 여편네한테 그것도 사람들 보는 데서 수치를 당했으니 치진 체면이 당최 말이 아니었다. 치진은 별 도리가 없다는 듯 고개를 들고서 천천히 입을 열었다.

"오늘 당신이 이렇게 멋대로 지껄이지만 그땐 당신도……."

"이 죽일 놈의 화상이……."

구경꾼 가운데 바이八一댁은 심성이 유순한 사람이었다. 두 살배기 유복자를 안고서 치진댁 옆에서 이 북새통을 바라보던 그녀가 보다 못해 치진댁을 달래듯 진정시켰다.

"치진댁, 그만해 둬요. 사람이 신이 아닌 바에야 뉘라서 앞일을 짐작이나 하겠어? 자기도 그때 말했잖아. 변발이 없어도 전혀 이상하지 않다고 말이야. 게다가 관청 나리들도 아직 아무 말씀이 없는데……."

말이 채 끝나기도 전에 치진댁의 두 귓불이 새빨개졌다. 갑자기 들고 있던 젓가락으로 바이댁 코를 찌르듯 휘두르며 역성을 부렸다.

"아니, 뭔 소리를 그렇게 하는 거야! 바이댁, 나처럼 멀쩡한 사람이 어디 그런 말도 안 되는 소리를 했을까? 그때 나는 사흘 밤낮을 꼬박 울고불고했었는데. 다들 봤잖아. 류진이 저 어린 것까지 울며 난리였는데……."

류진은 그릇 한 가득 담긴 밥을 냅다 비우고 빈 사발을 내밀며 더 달라던 참이었다. 치진댁은 홧김에 젓가락으로 류진의 댕기머리 한가운데를 쿡 찌르며 고래고래 소리를 질렀다.

"누가 자기더러 나서라고 했나! 서방질이나 해 대는 과부 주제에!"

쨍하는 소리가 나면서 류진의 손에 들려 있던 밥사발이 땅으로 떨어져 나뒹굴었다. 절묘하게도 사발이 벽 모서리에 부딪치는 통에 그만 깨져 버리고 말았다. 치진은 훌떡 일어나 조각이 난 사발을 주워 맞추어 보더니 대뜸 벽력같이 소리를 질렀다.

"빌어먹을 년!"

그러고는 철썩 하는 소리와 함께 류진이 나가떨어졌다. 주진 할매는 내동댕이쳐져 울고 있는 류진의 손을 잡아끌었다. 그러면서 "대대로 갈수록 안 좋아진다니까."를 연신 중얼대며 어디론가 류진을 데리고 가 버렸다.

바이댁도 분통이 터져 되받아쳤다.

"치진댁, 자기가 지금 '무턱대고 사람을 내려치는데'……."

처음엔 자오치 영감도 실실 웃어 가며 구경만 하고 있었다. 그런데 바이댁의 "관청 나리도 아직 아무 말씀이 없었다."는 대목에 슬그머니 부아가 났다. 식탁머리 싸움판에서 뒷짐만 지고 있던 그가 바이댁의 말을 받아치며 나섰다.

"'무턱대고 사람을 내려치는데'라니, 그걸 지금 말이라고 하는 거야? 대군이 곧 올 거라니까. 자네 똑똑히 기억하고 있으라고.

이번에 보위에 오르시는 분은 장張 장군*인데, 이 양반으로 말할 것 같으면 연燕나라 사람 장익덕張翼德의 후손이라고. 그분의 열여덟 자 사모창蛇矛槍의 위용이라면 만 명의 장정들도 끄떡없지. 그러니 그분을 누가 막아 낼 수 있겠는가."

그는 두 주먹을 불끈 쥐고 사모창을 잡는 시늉을 하며 바이댁을 향해 몇 걸음 바짝 다가갔다.

"자네가 그런 양반을 막아 낼 수 있겠나!"

바이댁은 분을 삭이며 아이를 안고서 몸을 부르르 떨던 참이었다. 그런데 자오치 영감이 두 눈을 휘둥그레 뜨고서 땀을 뻘뻘 흘리면서 자기 쪽으로 달려드는 걸 보자 겁을 집어먹고 도망치기 시작했다. 자오치 영감도 그 뒤를 좇았다. 사람들은 바이댁이 괜한 일을 만들었다고 핀잔을 주면서 길을 열어 주었다. 변발을 잘랐다가 다시 기르기 시작한 사람들은 행여 그가 볼까 무서워 사람들 뒤로 얼른 몸을 숨겼다. 자오치 영감도 찬찬히 훑어보지도 않고 무리를 가로질러 지나가다 오구목 뒤쪽으로 돌아서더니 이렇게 소리쳤다.

"자네가 그분을 대적할 수 있겠냐구!"

---

* 장쉰(張勛)을 가리킨다. 베이양(北洋) 군벌의 한 사람이다. 원래 청나라 군관이었던 그는 신해혁명 이후에도 변발을 자르지 않는 것으로 청나라에 대해 충성을 표했다. 그래서 그들을 변발군이라 불렀다. 1917년 7월 1일 베이징에서 그는 폐위된 황제 푸이(溥儀)의 복위를 시도했다가 결국 실패했다.

그러고는 외나무다리를 건너 유유히 사라져 버렸다.

마을 사람들은 넋을 뺀 채 멍하니 서서 이런저런 가늠을 해 보느라 정신이 없었다. 자기가 장익덕을 당해 낼 재간이 없을 게 분명했고, 그렇다면 치진이 목숨을 부지할 길도 없는 건 당연지사였다. 기왕에 치진이 천자의 법을 어겼다면, 이제까지 대처 소식을 전한다면서 긴 담뱃대를 입에 물고 온갖 거드름을 피워 댄 것도 해서는 안 될 짓이었다는 생각이 들었다. 그러고 보면 치진이 법을 어긴 행위도 꽤나 통쾌하단 느낌이 들었다. 뭔가 이야기를 더 해 봐야 할 것도 같지만 그렇다고 뭐 딱히 의논할 만한 게 있을 것 같지도 않았다. 한바탕 앵앵거리던 모기들이 벌거벗은 웃통들에 부딪치며 오구목 아래로 모여들어 진을 쳤다. 모였던 사람들도 하나둘 흩어져 대문을 닫아걸고 잠이 들었다. 치진댁도 투덜거리며 사발과 탁자, 그리고 걸상을 주섬주섬 챙겨 집으로 들어가 문을 잠그고 잠이 들었다.

치진은 깨진 사발을 들고 집으로 돌아와 문지방에 걸터앉아 담배를 피워 물었다. 하지만 너무도 애가 타는지라 빠는 것조차 잊어버렸다. 담뱃대 백동 대통 속의 불꽃도 점점 사그라져 갔다. 몹시 화급한 상황인 것 같아 뭐라도 대책을 강구하고 계획을 세우고 싶었지만 너무 막연하다 보니 당최 가닥을 잡을 수가 없었다. '변발은 어떻게 하지? 변발은 어디로 갔냐고? 열여덟 자 사모창이라니. 대가 갈수록 변변찮아진다니까! 황제께서 등극하셨다. 깨진 사발은 대처에 나가 때우면 되지만. 뉘라서 그분을 당해 낼 건가? 책에 조목조목 적혀 있다니. 에이, 빌어먹을……!'

다음날 아침 치진은 평소처럼 배를 저어 대처로 나갔다가 해가 질 무렵 루전으로 돌아왔다. 그리고 여섯 자가 넘는 반죽 담뱃대와 사발 하나를 챙겨들고 마을로 돌아왔다. 저녁 자리에서 그는 주진에게 성에 들어가 그릇을 때워 왔는데 산산조각이 나서 구리 못 열여섯 개가 들었다는 것, 구리 못 하나가 서 푼이니 도합 마흔여덟 푼이 들었다는 것 등등을 주저리주저리 늘어놓았다.

주진 할매는 기분이 언짢아 화를 냈다.

"대가 갈수록 시원찮아진다니까. 난 살 만큼 살았다고. 못 하나에 서 푼이라니. 예전엔 못이 어디 그랬나? 예전 못으로 말할 것 같으면…… 난 일흔아홉까지 살았다고……."

그 뒤로도 평소처럼 치진은 매일같이 대처를 드나들었다. 하지만 집안 분위기는 뭔가 모르게 어두웠고 마을 사람들도 대개는 그를 피하면서 더는 대처 소식을 귀동냥하기 위해 찾아오지 않았다. 치진댁도 덩달아 노상 뚱한 목소리로 치진을 '웬수' 취급했다.

열흘이나 지났을까, 치진이 대처에 나갔다 돌아오니 아내가 신바람이 나서 물었다.

"대처에서 무슨 소릴 못 들었수?"

"아무런 말도 없던데."

"황제가 보위에 계시나요?"

"아무 소식도 없던데."

"셴헝주점에서도 무슨 소리들 안 하고?"

"없었는데."

"내 생각엔 황제가 분명 보위에 오르지 못한 것 같아. 오늘 자오치 영감 가게를 지나는데 영감이 또 앉아서 책을 읽고 있더라고. 변발도 둘둘 말아 올리고. 장삼도 안 입고 말이야."

"……"

"보위에 안 오른 거겠지?"

"안 오른 거 같기도 하고."

요즘 들어 치진과 치진댁은 동네 사람들에게 상당한 존경과 대우를 받는 몸이 되었다. 여름이 찾아오자 그들은 여전히 앞마당에서 밥을 먹었다. 다들 얼굴을 마주치면 밝은 얼굴로 인사를 주고받았다. 여든을 넘긴 주진 할매 역시 여전히 불평을 늘어놓았고 기력도 짱짱했다. 류진의 댕기머리도 벌써 커다란 변발이 되어 있었다. 최근 전족으로 발을 싸맨 아이는 집안일을 거들만은 했는지 열여섯 개 구리 못으로 땜질한 주발을 들고 뒤뚱거리며 마당을 오가고 있었다.

1920년

고향

혹독한 추위를 무릅쓰고 나는 고향으로 간다. 이천 리나 떨어진, 이십여 년이나 떠나 있던 고향으로 말이다.

마침 한겨울이었다. 고향이 가까워질수록 날씨마저 을씨년스럽고 매서운 찬바람이 쌩쌩 배 안으로 파고들었다. 배를 둘러 덮은 덮개 사이로 밖을 내다보니 누르스름한 하늘 아래 스산하고 황량하기 짝이 없는 마을들이 군데군데 생기를 잃은 채 가로누워 있었다. 문득 가슴으로 울컥하는 슬픔이 치고 올라왔다.

'아! 이것이 이십여 년 동안 내가 늘 마음에 품고서 잊지 못하던 고향의 모습이란 말인가?'

내 기억 속의 고향은 이렇지 않았다. 고향은 훨씬 더 근사했다. 하지만 기억 저편의 그 아름다움을 떠올리며 근사한 대목을 끄집어내려는 순간 영상도 사라지고 언어도 지워져 버렸다. 마치 그런 것이라는 듯. 그래서 나는 내 스스로에게 이렇게 해명해 본다. 고향도 본시 그랬다고. 나아지고 아름다워지지 않았다 한들 슬픔을 느낄 이유 따윈 없다고. 어떻게 보면 내 심정의 변화가 있었을 뿐. 사실 이번 귀향에 설렘 같은 건 애당초 존재하지도 않았으니까.

이번 귀향은 사실 고향과의 작별을 위한 것이었다. 오랫동안 우리 일가가 모여 살던 집은 벌써 다른 사람에게 넘겨주기로 이야기가 정리된 상태였다. 금년 말까지가 양도 기한이었다. 때문에 정월 초하루가 되기 전에 정들었던 옛집과 이별을 하고 추억이 깃든 고향을 떠나 내가 먹고 살아가는 타지로 이사를 가야만 했다.

다음 날 이른 아침, 나는 우리 집 대문 앞에 당도했다. 기와지붕 위로 잡초와 바람에 떨고 있는 말라비틀어진 시든 풀들은 주인이 바뀌어야 하는 이유를 여실히 보여 주고 있었다. 더불어 함께 살던 친척들은 진즉 이사를 한 것인지 집 안은 온통 정적 속에 잠들어 있었다. 지난날 내가 살던 모퉁이에 이르자 어머니가 벌써 마중을 나와 계셨다. 뒤따라 여덟 살 난 조카 훙얼宏兒도 바람같이 뛰어나왔다.

어머닌 반색을 하셨다. 착잡하고 처량한 기색은 드러내지 않으셨다. 내가 앉아 쉬도록 차를 내왔지만 이사에 대해선 선뜻 입을 열지 않으셨다. 나를 처음 대하는 조카 훙얼은 맞은편에 멀찍이 선 채 나를 바라보기만 했다.

하지만 우리는 끝내 이사 일을 끄집어냈다. 나는 저쪽 셋집을 벌써 계약해 놨고 또 몇 가지 집 안 가구도 사 놨다는 것, 그것 말고도 지금 집에 있는 가구들은 몽땅 팔아 새로 장만하는 데 충당하면 얼추 되겠다는 등등을 어머니께 설명했다. 어머니도 그러자고 하셨다. 이어서 짐짝 정리도 대강 끝냈고, 운반하기 힘든 가구도 반절 가까이 처분했지만 아직 현금은 받지 못했다는 것 등을 내게 말씀하셨다.

"하루 이틀 쉬고 나서 친지 어르신들 한번 찾아뵙고 인사나 드리고 가자."

"그리 하시시요."

"그리고 룬투閏土 말이다. 널 한번 만났으면 하는 건지 우리 집에 올 때마다 네 소식을 묻더구나. 네가 집에 도착하는 날짜를 대충 일러 주었으니 아마도 곧 오지 싶다."

그 순간 신비로운 그림 한 폭이 퍼뜩 내 머리를 스쳐 갔다. 진한 쪽빛 하늘에 노란 보름달이 걸려 있고, 그 아래로 펼쳐진 바닷가의 백사장엔 파아란 수박밭이 끝도 없이 펼쳐져 있었다. 그 사이로 은목걸이를 목에 건 열두어 살 되어 보이는 한 소년이 오소리 종류인 차猹라는 놈을 향해 있는 힘껏 작살을 내던져 찌른다. 놈은 재빠르게 방향을 틀더니 되레 소년의 가랑이 밑으로 쏙 빠져 비호같이 줄행랑을 쳐 버렸다.

이 소년이 바로 룬투였다. 지금으로부터 어언 삼십 년 전, 열 살 남짓이었던 나는 이 소년을 처음으로 알게 되었다. 당시엔 아버지도 건재하셨고 집안 형편도 좋았을 때다. 이를테면 나는 번

듯한 도련님이었던 것이다. 그해에 우리 집은 큰 제사를 지내야 할 차례였다. 이 제사는 삼십 몇 년 만에 겨우 한 번 돌아오는 것이었기에 그만큼 정중하게 치러야 했다. 정월에 조상에게 제사를 지낼 때에는 제물도 많고 제기祭器도 신중하게 정성껏 다루어야만 했다. 또 제사에 참례자도 적잖으니 제기가 도난당하지 않도록 신경을 써야만 했다. 그런데 우리 집엔 망월忙月이 한 사람뿐이었다.(우리 고향 동네에선 고용인을 세 가지로 나눈다. 일 년 내내 한집에서 먹고 자며 고용된 사람을 장년長年이라 하고, 일정 기간 동안만 누군가에게 고용된 사람을 단공短工이라 한다. 그리고 자기 농사일을 하면서 정월이나 명절, 그리고 세금을 거둬들일 때만 어떤 집에 고용된 사람을 망월忙月이라 불렀다.) 눈코 뜰 새 없이 바빴던지라 그는 자기 아들 룬투에게 제기를 지키도록 하겠노라 아버지께 말씀드렸다.

아버지도 좋다고 하셨다. 나는 덩달아 신바람이 났다. 진즉부터 룬투라는 이름을 들은 적이 있었던 데다 그가 내 또래라는 것, 윤달(閏月)에 태어났는데 오행五行 가운데 토土가 빠진 날 태생인지라 그의 아버지가 룬투閏土라고 이름지어 줬다는 것도 들어 알고 있었다. 룬투는 덫을 놓아 새를 잡는 데 귀신 같았다.

나는 매일매일 선달이 어서 오기만을 손꼽아 기다렸다. 선달이 되면 룬투도 올 것이기 때문이었다. 가까스로 선달그믐 무렵의 어느 날, 어머니는 드디어 룬투가 왔다고 일러 주셨다. 나는 그 아이를 볼 마음에 한달음에 날듯이 달려 나갔다. 그는 마침 부엌에 있었다. 붉게 그을린 둥근 얼굴에 자그마한 털모자를 썼고, 목에 걸린 은목걸이는 반들반들 빛을 내고 있었다. 그건 그의 아버지가 그에게 걸어 준 사랑의 목걸이였다. 행여 아들이 명이 짧을까 봐 부처님 전에 소원을 빌고 걸어 준 것이었다. 룬투는 사람들 앞에서 몹시 수줍어했지만 내게만은 그렇지 않았다. 주변에 아무도 없을 때 나한테 말을 걸어 와 우린 반나절도 못 되어 금세 친해졌다.

그때 룬투와 난 무슨 얘기를 나눴는지 모르겠지만, 도회지로 나와 생전 못 본 신기한 것들을 무수히 보았노라고 흥에 겨워 조잘거리던 기억만은 생생하다.

다음 날 나는 룬투에게 새를 잡아 달라고 졸랐다. 그러자 룬투가 이렇게 대꾸했다.

"그건 당장은 어렵겠는데. 눈이 엄청 크게 내려야 되거든. 모래사장에 함박눈이 내리면 그걸 쓸어내서 조그만 빈터를 만들지. 그런 다음에 작은 막대기로 큰 소쿠리를 받치고 나락을 거기에 뿌려 두면 새가 그 나락을 보고 와서 쪼아 먹겠지. 그 순간 저만치서 막대기에 매달아 둔 줄을 휙 잡아당기기만 하면 끝나는 거라고. 소쿠리 속엔 별의별 새들이 다 있어. 참새, 뿔새, 산비둘기, 파랑새……."

나는 큰 눈이 내리기를 몹시 기다렸다.

룬투는 또 이런 말을 했다.

"지금은 너무 추우니까, 여름이 되면 내가 사는 곳으로 놀러 와. 우리는 낮이면 바닷가로 조개잡이를 가거든. 붉은 거, 파란 거, 귀신 쫓기 조개, 관음보살 손 조개 등등 없는 게 없어. 또 밤이면 우리 아빠랑 수박을 지키러 가는데 너도 함께 갈 수도 있구."

"도둑을 지키러 간다고?"

"아니. 지나가던 사람이 목이 말라 수박 하나쯤 따 먹는 건 우리 동네에선 도둑질로 치지도 않아. 지켜야 할 건 두더지나 고슴도치, 또 차猹 같은 놈들이지. 달빛 비치는 밤에 귀 기울여 들어 봐, 사각사각 소리가 날거거든. 그건 차라는 놈이 수박을 깨물어 먹는 소리라고. 그러면 작살을 들고 살금살금 다가가……."

그 시절 나는 이 차라는 녀석이 어떤 짐승인지 전혀 알지 못했지만 – 지금도 그렇지만 – 개처럼 모양새가 아주 사나운 놈일 거라 생각하고 있었다.

"그놈이 물진 않나?"

"쇠작살이 있잖아! 가까이 다가가서 차가 보이면 그냥 냅다 찌르는 거야. 요녀석은 아주 영리한 놈이라 오히려 사람 쪽으로 달려들며 가랑이 사이로 내빼 달아나 버릴 거거든. 놈의 털이 기름처럼 미끈거리는데……."

그때까지만 해도 나는 세상에 이토록 신기한 일이 그렇게 많을 줄 몰랐다. 바닷가에 오색찬란한 조개가 있다는 거며, 수박에 이렇게도 위험천만한 내력이 있단 말인가. 그때만 해도 나는 과

일가게에서 파는 수박 말고는 아는 게 없었다.

“내가 사는 마을 모래사장엔 말이야, 밀물 때가 되면 날치 떼가 펄떡펄떡 뛰어오르는데 청개구리처럼 두 발이 달린 놈들이…….”

아아! 룬투의 가슴속엔 내 친구들은 알 수 없는 신기한 일들이 참으로 무궁무진하구나. 내 친구들은 아무것도 모르지 않는가. 룬투가 바닷가에 서 있을 때 친구들은 나처럼 그저 마당을 두른 담장의 네 모서리 하늘만 쳐다보고 있었으니까.

아쉽게도 정월이 지나 룬투는 자기 집으로 돌아가야 했다. 나는 어쩔 줄 몰라 엉엉 울어 버렸다. 룬투도 부엌에 숨어 울며 돌아가지 않겠다고 뻗댔다. 하지만 결국엔 자기 아버지한테 붙들려 가고 말았다. 룬투가 돌아간 뒤 그는 자기 아버지 편에 한 꾸러미의 조개껍질과 예쁜 깃털 몇 개를 보내 주었다. 나도 두어 번 뭔가를 선물로 보냈지만, 이후론 다시 그를 만나 보지 못했다.

어머니가 이제야 그 애를 거론하는 순간 어린 시절의 기억이 주마등처럼 반짝이며 되살아나 마치 나의 아름다운 고향을 되찾은 것만 같았다. 나는 어머니께 이렇게 말했다.

“거 참 잘됐네요! 그런데 룬투는…… 어떻게 지내는지……?”

“룬투 그 아이 말이냐……? 그 아이도 사정이 팍팍한 모양이더라…….”

어머닌 말씀을 그렇게 하시면서 창밖을 바라보셨다.

"저 사람들 또 왔구먼. 가구를 사겠다면서 손에 닥치는 대로 멋대로 들고 가니. 나가서 좀 살펴봐야겠다."

어머니는 일어서더니 밖으로 나갔다. 문밖에선 몇몇 여자들 목소리가 들려왔다. 나는 훙얼을 가까이 오라고 해서 이런저런 얘기를 나누었다. 글은 쓸 줄 아느냐, 다른 고장에 나가 보고 싶으냐 등등.

"우리 기차를 타고 가는 거예요?"

"그래. 기차를 타고 간단다."

"배는요?"

"먼저 배를 타고, 그리고……."

"아이구! 이렇게 다 자랐구먼! 수염도 이리 자랐고!"

순간 찢어질 듯한 괴성이 귀를 파고들었다.

깜짝 놀라 얼른 고개를 들어 보니 얄팍한 입술에 광대뼈가 튀어나온 한 쉰 안팎의 여자가 내 앞에 서 있었다. 두 손을 허리에 걸치고 치마도 걸치지 않은 채 두 다리를 쩍 벌리고 있는 모습이 마치 두 발의 가녀린 다리를 가진 컴퍼스 같았다.

나는 순간 놀라 어안이 벙벙했다.

"날 모르겠어? 내가 안아 주기도 했는데!"

나는 더욱 경악했다. 다행히 어머니가 들어와 끼어들며 거들었다.

"오랫동안 외지 생활하느라 새까맣게 잊어버렸을 거야. 너 생각 안 나니?"

그러면서 나를 보고 말씀을 이어 갔다.

"우리 집 건너편 사는 양楊씨네 둘째 아주머니 아니냐. ……두부가게를 하던."

그제야 생각이 났다. 그러고 보니 분명 어릴 적 우리 집 건너편에 있던 두부가게에는 양씨네 둘째댁이란 사람이 진종일 가게에 앉아 있었다. 동네 사람들은 그런 그녀를 "두부 서시西施*"라 불렀다. 하지만 내 기억 속의 두부 서시는 이렇게 분을 바르지도 광대뼈가 이렇게 튀어나오지도 않았고, 입술도 지금처럼 그렇게 얇지 않았다. 거기다 하루 종일 앉아 있는 모습만 봤으니 이런 컴퍼스 같은 모양새를 봤을 리 없었다. 그 시절 동네 사람들 말로는 그 두부 서시 때문에 두부가게가 잘된다고들 했다. 하지만 그 당시 어렸던 나는 그런 말에 어떤 감화도 받지 않았던지라, 그저 새까맣게 잊고 지냈다. 하지만 컴퍼스는 상당히 불쾌한 기색이었다. 경멸하는 듯한 표정이 마치 나폴레옹을 모르는 프랑스 사람이나 워싱턴을 모르는 미국인을 비웃는 듯했다.

"잊어버렸다고? 그거 참 귀하신 분은 눈이 높다더니만……."

"어찌 그럴 리 있겠어요. 다만…… 저는……."

나는 어찌할 바를 몰라 허둥대며 몸을 일으키면서 말했다.

"그럼 내가 자네한테 일러 주지. 쉰迅이, 자네야 부자가 되었

* 서시(西施)는 월(越)나라 왕 구천(勾踐)과 오(吳)나라 왕 부차(夫差) 간의 전쟁에 등장하는 여인으로, 중국에서는 미녀의 대명사로 통용됨.

고, 또 짐 옮겨 가는 것도 무거울 것 아닌가. 이런 허접한 잡동사니를 자네가 어디다 쓰겠나. 그러니 나한테 주게나. 우리 같은 가난뱅이들에겐 쓸모가 있을 테니."

"제가 부자라고요? 전 이걸 팔아야 그 돈으로……."

"아이고, 이 양반이 도대道臺*가 되고서도 부자가 아니라네. 자넨 지금 거느린 첩이 셋이나 되고, 출타할 땐 여덟 사람이 메는 팔인교를 타면서도 부자가 아니라고? 에이 이 사람아, 어디 내 눈을 속이려고."

뭔 말을 해도 소용이 없겠다 싶어 나는 그저 입을 다문 채 묵묵히 서 있었다.

"세상 참, 돈 있는 사람들이 정말로 더 무섭다니까. 가진 게 많을수록 지갑 끈을 더 바짝 죈다더니……."

컴퍼스는 화가 나 몸을 휙 돌리더니 투덜거리면서 밖으로 나갔다. 그 틈에 어머니 장갑을 자기 바지춤에 슬쩍 쑤셔 넣으면서 말이다.

그 뒤로도 근처에 사는 친척들이 날 찾아왔다. 나는 그들을 응대하면서 짬짬이 내 이삿짐을 꾸렸다. 그렇게 사나흘이 흘러갔다.

어느 몹시도 추웠던 날 오후, 나는 점심을 먹은 뒤 차를 마시며 앉아 있었다. 밖에 누군가 찾아 들어오는 인기척이 나기에 뒤를

* 도대(道臺)는 청나라 관직 도원(道員)의 속칭으로, 지방 행정을 관장하던 관리임.

돌아보았다. 그 순간 나도 모르게 깜짝 놀라 얼결에 허둥허둥 몸을 일으켰다. 바로 룬투였다. 첫눈에 룬투임을 알아봤지만 그는 내 추억 한켠에 자리한 룬투는 아니었다. 키는 곱절이나 자랐고, 그 옛날 햇빛에 그을린 붉고도 둥근 얼굴도 이젠 누런 잿빛으로 변해 있었다. 거기다 주름까지 제법 깊게 패여 있었다. 눈자위도 자기 아버지처럼 가장자리가 벌겋게 퉁퉁 부어 있고 말이다. 나는 안다. 바닷가에서 농사를 짓는 사람은 온종일 불어 대는 갯바람 때문에 내개 이런 경우가 많다는 것을. 룬투는 다 해진 털모자를 쓰고 몸엔 얇은 솜옷을 한 벌만 걸친 채 추운지 벌벌 떨며 잔뜩 움츠리고 있었다. 손엔 종이 꾸러미와 기다란 담뱃대를 들고 있었다. 그 손도 내 마음속에 간직된 발그스레하고 토실토실 살이 올랐던 건강한 손이 아니었다. 거칠고 울퉁불퉁한 데다 여기저기 터진 것이 마치 소나무 껍질 같았다.

나는 몹시 흥분되었지만 무슨 말부터 꺼내야 할지 몰라 그냥 얼버무렸다.

"아! 룬투……, 왔네……?"

계속해서 하고픈 수많은 말들이 꿰어 놓은 구슬처럼 쉼 없이 솟구쳐 올랐다. 뿔새랑 날치, 조개껍데기, 그리고 차……. 하지만 무언가에 제지당한 듯 막혀 버린 느낌에 말들은 머릿속을 맴돌기만 할 뿐 입 밖으로 쉬 나오지 않았다.

그가 멈춰 섰다. 반가움과 처량함이 함께 묻어났다. 입술을 움

찔거려 봤지만 소리가 되어 나오지는 않았다. 그러더니 그의 태도가 공손하고 깍듯해지면서 분명한 어조를 취했다.

"어르신……!"

순간 오싹 소름이 돋는 듯했다. 우리 사이엔 이미 슬프게도 두터운 장벽이 놓여 있었다. 나는 아무 말도 할 수 없었다.

그가 고개를 돌려 돌아보며 말했다.

"수이성水生! 어르신께 절을 올려라."

그러면서 자기 등 뒤에 바짝 붙어 있던 아이를 앞쪽으로 끌어냈다. 이 아이야말로 이십 년 전의 바로 그 룬투였다. 누렇게 뜬 안색에 약간 여윈 것과 목에 은목걸이를 걸고 있지 않다는 점만 빼면 그랬다.

"녀석이 제 다섯째 놈입니다. 세상 구경이라곤 해 본 적이 없어 이리 부끄럼을 탑니다……."

어머니와 훙얼이 우리 목소리를 들었는지 이층에서 내려왔다.

"노마님, 보내신 서신은 진즉 받았습니다요. 제가 정말로 얼마나 기뻤는지, 어르신께서 돌아오신다는 걸 알고 말입니다……."

룬투가 말했다.

"아니. 자네 서먹하게 말투가 어째 이런가. 옛날에는 형 동생 하지 않았어? 그냥 전에 하던 대로 쉰이라고 그리 부르게."

어머니도 기쁜 맘에 기분이 들떠 말했다.

"아이구, 아닙니다요. 노마님도 참 별 말씀을…… 그런 법도가 어디 있답니까. 그땐 어려서 철이 없어 그랬지만……."

룬투는 말을 이어 가며 수이성에게 예의 바르게 인사를 하라고 했지만 아이는 부끄러운지 제 아비 등 뒤에 바짝 달라붙어 있었다.

"얘가 수이성인가? 다섯째라고? 죄다 낯선 얼굴들뿐이니 수줍음을 타는 것도 당연한 일이지. 훙얼, 데리고 가서 같이 좀 놀다 오너라."

이 말에 훙얼이 손짓을 하사 수이성은 가뿐한 발걸음으로 얼른 훙얼 뒤를 따라나섰다. 어머니가 룬투에게 앉으라고 권했다. 그러자 룬투는 잠시 머뭇거리다 겨우 자리에 앉았다. 기다란 담뱃대를 탁자 옆에 기대 세워 두고 종이 꾸러미를 내밀면서 말했다.

"철이 겨울인지라 변변한 게 없습니다. 이건 콩인데 별거 아닙니다만 저희 집에서 말린 거라 조금 가져왔습니다. 어르신께……."

내가 이런저런 그의 형편을 묻자, 그는 그저 고개를 가로저을 뿐이었다.

"말이 아닙니다. 어린 여섯째 놈까지 힘을 보태는데도 입에 풀칠하는 것도……. 세상도 어수선하고…… 어딜 가나 돈만 뜯어 가고, 도대체 법이 있기나 한 건지……. 농사도 되는 게 없습니다. 농사지어 팔아 봤자 세금 몇 차례 뜯기고 나면 본전도 못 건

지니. 그렇다고 안 팔자니 썩어 나갈 것이고……."

그는 고개를 가로저으며 머리를 흔들 뿐이었다. 주름으로 자글거리는 얼굴이 마치 석고상이나 된 듯 꿈쩍도 하지 않았다. 풍파로 굴곡진 삶을 뭐라 형용할 길이 없다는 듯 잠시 침묵을 지키던 룬투가 담뱃대를 다시 들더니 말없이 담배만 피워 댔다.

어머니 하시는 말씀이 룬투는 집안일이 바빠 내일 바로 돌아가야 한다고 했다. 게다가 아직까지 점심도 못 챙겨먹은지라 부엌에 가서 직접 밥을 볶아 먹으라 했다는 거였다.

룬투가 나가고 나자 어머니와 나는 그의 어려운 형편에 한숨만 나왔다. 애들은 줄줄이인데다 흉년과 기근에 혹독한 세금까지, 또 군인, 도적, 관리, 향신鄕紳들이 들들 볶아 그를 장승처럼 만들어 놨으니. 어머니는 우리가 꼭 가져가야 할 물건이 아니라면 룬투더러 직접 골라 가져가게 하자고 했다.

오후에 룬투는 집기 몇 가지를 챙겼다. 긴 탁자 두 개, 의자 네 개, 향로와 촛대 한 벌, 저울 하나. 그는 또 집에 있는 재를 전부 가져갔으면 했다.(우리 지역에선 밥을 할 때 짚을 때는데, 그 재는 모래사장의 거름이 된다.) 우리가 집을 떠날 때 자기가 배로 날라 가져가겠다는 거였다.

밤이 되자 우리는 이런저런 얘기를 주고받았다. 뭐 딱히 중요하지 않은 이야기들뿐이었다. 그리고선 이튿날 아침 일찍 그는 수이성을 데리고 돌아갔다.

그렇게 아흐레가 지나고 우리도 떠나야 할 날이 되었다. 룬투는 아침 일찍 벌써 집에 당도했다. 다섯째 수이성은 따라오지 않았고 이번에는 대신 다섯 살 먹은 딸내미를 데리고 와 배를 지키도록 했다. 하루 온종일 경황없이 분주했던지라 저번처럼 이야기를 나누거나 할 여유가 없었다. 찾아온 손님도 적지 않았다. 우리가 떠난다니 전송하러 온 사람이며, 물건을 챙기러 온 사람, 또 전송도 하면서 물건도 가져갈 요량으로 온 사람 등 제각각이었다. 지녁이 될 무렵 우리가 배에 오를 때쯤 우리 집 고택의 크고 작은 갖은 물건들이 빗질을 한 듯 깨끗하게 비워졌다.

우리가 탄 배가 앞으로 미끄러져 나아갔다. 황혼이 깃든 양쪽 강기슭의 산들이 짙은 눈썹처럼 검푸르게 물들며 하나둘 배 뒤쪽으로 뒷걸음질 쳤다.

훙얼이 나와 나란히 창에 기대어 아스라한 바깥 풍경을 바라보더니 문득 이렇게 물었다.

“큰아버지! 우린 언제쯤 다시 돌아오나요?”

“돌아온다고? 넌 어째서 떠나기도 전에 벌써 돌아올 생각부터 하는 게냐?”

“그런 게 아니구요, 수이성이 자기 집으로 놀러 오라고 했거든요…….”

훙얼은 새까맣고 큰 눈망울을 초롱초롱 반짝이다 잠시 멍하니 생각에 잠겼다.

나와 어머니도 이래저래 넋을 빼고 있다, 다시금 룬투를 떠올리며 이야기를 시작했다. 어머니 말씀에 따르면, 그 양씨집 둘째 아주머니인 두부가게 서시가 이삿짐을 꾸리기 시작할 때부터 하루가 멀다 하고 매일같이 집으로 찾아왔는데, 엊그제는 잿더미 속에서 접시와 그릇을 열 몇 개나 파냈다고 한다. 이리저리 이야기를 맞춰 보니 이건 룬투가 묻어 둔 걸로, 재를 가져갈 때 함께 가져가려고 했던 것으로 짐작했다 하신다. 양씨댁은 이 발견을 자신의 공으로 돌리면서 구기살狗氣殺(우리 지역에서 닭을 칠 때 쓰는 도구임. 목판 위에 우리를 치고 거기에 모이를 놓아 두면, 닭은 목을 길게 뻗어 쪼아 먹을 수 있지만 개는 그럴 수가 없어 멀뚱히 바라만 보면서 애만 태우게 됨을 비유함.)을 슬쩍 집어 들고 줄행랑을 쳤다는 거다. 전족纏足한 발로 어쩌면 저리도 잘 달릴 수 있을까 싶을 정도였다고 한다.

고향 집은 점차 시야에서 멀어져 갔다. 나의 고향산천도 점점 멀어져 갔다. 하지만 나는 미련이라곤 조금도 느껴지지 않았다. 그저 사방의 보이지 않는 높은 담장에 둘러싸여 나 혼자 거기 외톨박이로 남겨진 듯한 느낌이 들어 울적할 뿐이었다. 저 수박밭에 은목걸이를 하고 있었던 꼬마 영웅의 영상은 더없이 선명하고 또렷했건만 이젠 그조차도 홀연 희미한 채 모호해져 버렸다. 그것이 나를 몹시도 서글프게 한다.

어머니와 훙얼은 잠이 들었다.

나는 드러누워 배 밑창에서 철썩철썩 부딪치는 물소리를 들으며 내가 지금 나의 길을 가고 있구나 하는 느낌이 들었다. 생각해 보면 나와 룬투는 이미 이렇게 멀어졌지만 우리의 아이들은 여전히 한마음으로 잇대어 살아가고 있다. 지금 훙얼도 수이성을 못 잊어 하지 않는가? 그저 저 아이들이 더는 나처럼 되지 말고, 또 모두에게 틈이 생기지 않기를 소망하고 바랄 뿐이다……. 그렇다고 또 저 아이들이 뜻을 함께한다고 한데 어우러져 나처럼 고통 속에 뒤척이며 살아가지 않았으면 좋겠다. 또 룬투처럼 고통스런 삶에 시달리며 경직되어 살지 않고, 또 다른 이들처럼 고통에 내맡기며 살아가진 말았으면 하고 바랄 뿐이다. 저 아이들은 마땅히 새로운 삶을 가져야 한다. 우리가 일찍이 경험해 보지 못한 그런 삶을.

희망이라는 단어를 떠올리자 문득 두려움이 엄습했다. 룬투가 향로와 촛대를 갖고 싶다고 했을 때 나는 속으로 룬투를 비웃었다. 아직도 우상을 떠받들며 언제까지 매달려 연연해할 것인지. 하지만 지금 내가 읊조리는 희망이라는 것도 어찌 보면 내 자신이 만들어 낸 우상 아닐까? 그의 소망이 현실 아주 가까이 있는 것이라면 내 소망은 그저 아득하고 아득한 것일 뿐.

몽롱한 가운데 해변가에 파아란 모래밭이 펼쳐져 있다. 그 위로 짙은 쪽빛 하늘엔 황금빛 보름달이 걸려 있었다. 사실 생각해 보면 희망이란 본래 있다고도 혹은 없다고도 할 수 없는 거였다.

이건 마치 땅 위로 난 길과 같은 것이다. 본래 땅 위에는 길이 없었다. 걸어다니는 사람이 많아지다 보면 거기가 곧 길이 되는 것이다.

1921년

아큐정전

제1장
들어가며

아큐阿Q에게 정전正傳을 지어 주려 한 지도 벌써 여러 해 전이다. 그런데 막상 쓰자니 또 주저하게 된다. 그건 내가 '후세에 말을 전할 만한' 위인이 아님을 충분히 보여 주는 것이리라. 그러기에 예로부터 불후의 명필들이 불후의 인물을 전수한다 하였다. 사람은 글로 전해지고, 글은 사람으로 전해지는 것인데, 결국엔 누가 누구에 의해 전해지는 것인지 점점 모호하고 애매해진다. 그런데도 아큐를 전해야겠다고 마음먹은 걸 보면 뭐 귀신에라도 홀렸나 보다.

어찌 되었든 금세 잊힐 문장 한 편이라도 써볼 참으로 붓을 들었지만, 이내 이런저런 어려움에 부딪혀 붓을 내려놓는다. 우선은 글의 제목이다. 공자는 "이름이 바르지 않으면 말이 순조롭지 않다.(名不正則言不順)"고 했다. 때문에 꽤나 신경을 써야 하는 대목이다. 전傳에도 별의별 것이 많다. 열전列傳, 자전自傳, 내전內傳, 외전外傳, 별전別傳, 가전家傳, 소전小傳 등. 그런데 그중에 하나도 딱 들어맞는 게 없다. '열전'이라 하자니, 이건 수많은 위인들과 함께 '정사正史' 속에 넣을 만한 글이 아니다. '자전'이라 하자니, 정작 내가 아큐가 아니다. '외전'이라 하자니, 그럼 '내전'은 어디에 있단 말인가? '내전'이라 한다 해도, 아큐는 뭐 신선도 아니잖은가. '별전'이라 하자니, 대총통께서 아큐의 '본전本傳'을 쓰라고 국사관國史館에 명하신 적도 없다. 영국의 정사에는 『도박꾼열전』(博徒列傳)이 없는데도 대문호 디킨스가 『도박꾼열전』을 썼다지만, 그건 문호니까 가능한 일이고, 나 같은 사람이야 어림도 없다. 그 다음은 '가전'인데, 아큐와 내가 한집안인지 알 수도 없거니와, 아큐 자손들의 부탁을 받은 적도 없다. '소전'이라 하자니, 아큐에겐 별달리 '대전' 같은 것도 없다. 종합해 보면 이 글이 '본전本傳'인 셈이나, 내 글은 문체가 천한지라 '수레를 끌고 다니면서 콩물이나 파는 자'들이 쓰는 말이기에 감히 '본전'이라 쓸 수 있겠는가. 삼교구류(역자 주: 三教九流에서 삼교란 유교, 불교, 도교를 가리키고, 구류는 한나라 때 학문의 종류를 아홉 가지로 나눈 것으로 유가, 도가, 음양가, 법가, 명가, 묵가, 종횡가, 잡가, 농가를 일컬음)에도 못 끼는 소설가들의 "한담은 접어 두고 정전으로 돌아가"라는 상투적인 말에서 '정전' 두 글자를 취하여 제목으로 삼았다. 옛사람들이 편찬한 『서법정전』(書法正傳)의 '정전'과 혼동될 수 있으나, 그것까지 돌아볼 겨를이 없다.

둘째, 전기를 쓸 때면 늘 그렇듯 첫머리에 대개 "아무개, 자는 무엇이고, 어디 사람이다."라고 해야 마땅하나, 나는 아큐의 성도 모른다. 한번은 그의 성이 자오趙씨인 것 같았으나, 이튿날 이내 모호해졌다. 자오 나리의 아들이 시험에 수재秀才로 급제했을 때였다. 떠들썩한 징 소리가 온 마을에 울려 퍼지자, 때마침 아큐는 황주를 두어 잔 마시고는 기뻐 덩실덩실 춤을 추며 이건 자기에게도 영광이라고 했다. 자기와 자오 나리는 원래 한집안인 데다 항렬을 세심하게 따져 보면 수재보다 자기가 삼 대나 어른이라고 했다. 그때 옆에서 듣고 있던 사람들도 의외로 숙연하게 존경스러워했다. 그런데 누가 알았겠는가. 이튿날 지역 경관인 지보地保가 아큐를 자오 나리댁으로 데려갔다. 나리는 아큐를 보자마자 온 얼굴에 시뻘겋게 핏대를 세우며 소리를 질렀다.

"아큐! 네 이놈! 네놈이 우리와 일가라고?"

아큐는 입을 다물고 있었다.

자오 나리는 더욱 화가 치밀어 몇 걸음 들이대며 말했다.

"어디서 허튼소리야! 너 같은 일가가 있다는 게 가당키나 하냐고? 네놈 성이 자오라고?"

아큐가 입을 다문 채 뒷걸음질 치려는데, 자오 나리가 달려들어 아큐의 뺨을 올려쳤다.

"네놈이 어떻게 자오씨야! 어디서 감히 자오씨를 갖다 붙여!"

아큐는 자기가 틀림없이 자오씨라고 항변하지도 못하고, 그저 손으로 왼뺨을 어루만지며 지보와 함께 물러나왔다. 밖으로 나와서는 또 지보한테 한 차례 질책을 당하고, 잘못한 값으로 지보에게 이백 문文의 술값을 주었다. 이 사실을 알게 된 사람들은 하나같이 아큐가 너무 황당하게 굴어 스스로 자초한 일이라고들 했다. 아큐는 분명 자오씨도 아닌 것 같았고, 설령 진짜 자오씨라 해도 자오 나리가 여기 있는 마당에 해서는 안 될 허튼소리였다. 이후로 그의 성씨에 대해 이러쿵저러쿵 하는 사람은 없었다. 그런지라 나도 결국 아큐의 성씨가 뭐인지는 알 수 없게 되었다.

셋째, 아큐의 이름자를 어떻게 쓰는지 그것도 나는 모르겠다. 그가 살아 있을 적엔 너도나도 그를 아Quei라고 불렀지만, 그가 죽은 뒤론 아무도 더는 아Quei를 입에 올리지 않았다. 그러니 '죽백竹帛에 기록하여 남기는' 일이 어디 가능하겠는가. '죽백에 기록한 것'으로 치면, 이 글이 처음일 것이고, 그러기에 이 난관에 부딪히는 것도 이것이 처음일 것이다. 전에 나는 아Quei가 아구이阿桂일까 아니면 아구이阿貴일까에 대해 이리저리 생각했었다. 사람들이 만약에 그의 호號를 월정月亭으로 불렀거나 8월에 생일을 지냈다면 그는 분명 달과 관련된 아구이阿桂일 것이다. 하지만 그는 호號가 없을뿐더러, 있었다 해도 그 호가 그인 줄 아는 사람은 없었다. 게다가 그는 생일 초대장을 보내온 적도 없었다. 그러니 아구이阿桂라고 쓰는 건 독단이다. 또 그에게 아푸阿福라 불리는 형이나 동생이 있었더라면 그는 아구이阿貴임에 틀림없다. 그런데 그는 홀로 형제도 없는 사람이기에, 아구이阿貴라고 쓰는 것도 근거가 없다 하겠다. 그것 말고 Quei로 불리는 어려운 글자들은 더더욱 들어맞지 않는다. 언젠가 나는 자오 나리의 아들인 수재 선생에게 물어본 적도 있었다. 하지만 그렇게 박식하고 고상한 분도 결국 알지 못했고, 결론지어 말하길 천두슈陳獨秀가 『신청년』(新青年)을 펴내 서양 글자를 제창하는 바람에 나라의 전통문화가 사라지고 고증할 길이 없어지고 말았다는 것이다. 나는 마지막 수단으로 동향 친구에게 아큐의 범죄 기록을 조사해 달라고 했다. 8개월이 지나 받은 회신에 아Quei와 비슷한 발음은 없다고 했다. 실제로 없었는지 아니면 조사조차 하지 않은 것인지는 모르겠지만, 더는 달리 방도가 없었다. 주음자모注音子母가 아직 널리 통용되기 전인 듯하여 '서양 글자'로 영국에서 유행하는 병음법을 사용하여 아Quei라고 쓰고, 간략하게 아Q라고 한다. 『신청년』을 맹종하는 것 같아 내 자신도 미안하지만, 수재 선생조차 알지 못하는 것을 난들 별 수 있겠는가.

넷째, 아큐의 본적이다. 그가 자오씨라면 어느 지방 명문가 출신인지를 내세우기 좋아하는 요즘 조류에 따라 『군명백가성』(郡名百家姓)의 주석에 비추어 '룽시隴西 톈슈天水 사람이다'라고 말해야 할 것이다. 하지만 애석하게도 그 성씨 자체가 그다지 믿을게 못되니 본적 역시 이렇게 단정 지을 수 없다. 그가 웨이좡未庄에 산 지 오래되었지만, 종종 다른 곳에 머물렀기에 웨이좡 사람이라고도 할 수 없다. 그가 '웨이좡 사람이었다'라고 해 버린다면 역사의 기록법에 어긋나는 것이리라.

그나마 스스로 위로가 되는 것은 '아阿' 자만큼은 대단히 정확한지라 이것만은 억지로 가져다 붙이거나 잘못 빌려온 것이 절대 아니어서, 통달한 대가 앞에서도 당당할 수 있다. 그 외의 나머지는 학문이 얕은 나로서는 더 파고들 수 없으니, 그저 역사벽歷史癖과 고증벽考證癖을 지닌 후스胡適 선생의 제자들이 훗날 새로운 많은 단서를 찾아낼 수 있기를 바랄 뿐이다. 하지만 나의 이 『아큐정전』은 그때쯤이면 벌써 사라지고 없을지도 모른다.

이것으로 서문을 내신한다.

제2장

승리의 기록

이름과 본적은 말할 것도 없고 아큐의 과거 행석소차 불분명하다보니, 웨이좡 사람들에게 아큐란 그저 바쁠 때 일을 도와주거나 장난 상대일 뿐 그의 행적에 관심을 갖는 사람은 없다. 아큐 자신도 이렇다 할 말을 하지 않다가, 유독 남들과 말다툼을 할 때면 눈을 부릅뜨며 말했다.

"우리도 왕년에는…… 너보다 훨씬 잘살았어! 너 따위가 뭐라고!"

아큐는 집도 없어 웨이좡의 사당에서 기거했다. 거기다 변변한 직업도 없는지라 그저 남들이 부르면 달려가 잡일을 거들었다. 보리를 베라면 보리를 베고, 방아를 찧으라면 방아를 찧었으며, 배를 저으라면 배를 저었다. 일이 좀 길어지면 주인집에 잠시 머물며 더부살이도 했지만, 일이 끝나면 이내 떠났다. 사람들은 일손이 부족할 때에야 아큐를 떠올리는데, 그건 일 때문이지 그의 행적이 궁금해서는 아니었다. 그러다 일이 없어 한가해지면, 아큐 자체를 까맣게 잊어버리니, 그의 행적은 더는 말할 필요도 없을 것이다. 딱 한 번인가 어떤 노인이 이렇게 그를 추켜세운 적이 있었다. "아큐는 일도 참 잘하지!" 그러자 아큐는 웃통을 벗고서 비쩍 마른 몰골로 노인 앞에 보란 듯이 서 있었다. 남들은 이게 진심으로 하는 칭찬인지 아니면 골리는 것인지 헷갈렸지만, 아큐는 몹시 즐거워했다.

아큐는 자존심도 무척 강해서, 웨이좡 사람들 정도는 눈에 들이오지도 않았고, 마을의 '글방 도령(文童)' 둘조차도 하찮게 여겼다. '글방 도령'으로 치자면 장차 수재가 될 수도 있는 사람들이었다. 마을에서 자오 나리와 첸錢 나리가 마을 사람들의 존경을 한 몸에 받는 것은 부자라는 것 말고도 둘 다 글방 도령의 아버지라는 점 때문이다. 하지만 유독 아큐만은 별스럽게 그들을 떠받들 마음이 없었다. '내 아들이 훨씬 잘났을걸!' 아큐는 이렇게 생각하고 있었다. 더구나 몇 번인가 성城에 다녀온 뒤로 아큐의 자부심은 한층 더해졌다. 그런데 그는 성안 사람들마저 터무니없이 무시를 했다. 이를테면 석 자 길이에 세 치 너비의 나무의자를 웨이좡에서는 긴 의자라는 의미로 '창덩長凳'이라 불렀고, 아큐도 '창덩'이라 불렀다. 그런데 성안 사람들은 이걸 '탸오덩條凳'이라고 부른 것이다. 이건 잘못된 거고, 웃기는 일이라고 그는 생각했다. 또 생선을 기름에 지질 때, 웨이좡에서는 반 치 길이의 파를 얹는데 성 사람들은 파 채를 썰어 얹었다. 그는 이것도 잘못된 것으로, 역시 웃기는 일이라고 생각했다. 하지만 웨이좡 사람들이야말로 세상 물정 모르는 어리석은 촌뜨기로, 그들은 성안의 생선 지짐을 본 적도 없었다!

아큐는 '왕년에 잘살았고', 아는 것도 많은데다 '일도 척척 잘하니' 거의 '완벽한 사람'이리라. 다만 아쉬운 게 있다면 그의 몸에 약간의 결함이 있다는 것이다. 가장 신경이 쓰이는 건 언제부턴가 머리 여기저기에 생겨난 부스럼 자국이다. 자기 몸에 있는 거라지만 자존심이 센 아큐 생각에도 달갑지 않은 듯했다. 때문에 그는 '부스럼'의 발음자인 '나癩' 자나 '뢰(역자 주: 癩, 賴 모두 중국어 병음에 따르면 lai로 발음됨.)' 자와 비슷하기만 해도 질색을 했고, 후에는 아예 '빛나다(光)'라든지 '훤하다(亮)'라는 말까지 거북스러워했으며, 심지어 '등불'이나 '촛불' 소리까지 듣기 싫어했다. 누구라도 이걸 들먹이기만 하면 작심하고 한 말이든 무심결이든 아큐는 부스럼 자국이 온통 새빨개질 정도로 화를 냈다. 상대를 어림잡아 어눌한 자 같으면 욕을 해 댔고, 몸이 부실한 사람 같으면 이내 패주었다. 하지만 어찌된 일인지 늘 아큐가 당하는 형국이었다. 그러자 그는 조금씩 전략을 바꿔, 노려보기 작전을 쓰기 시작했다.

하지만 누가 짐작이나 했겠는가. 아큐가 노려보기 노선을 택한 뒤 웨이좡의 건달들은 아큐 놀리기에 더욱 열을 올렸다. 아큐가 보이기만 하면 깜짝 놀란 척하면서 이렇게 호들갑을 떨었다.

"와아, 훤하구먼."

으레 그랬듯이 아큐는 화를 내며 눈을 부릅떴다.

"이제 보니 보안등이 여기 있었구먼!"

건달들은 전혀 두려워하지 않았다.

하는 수 없이 아큐는 복수할 말을 따로 생각해야만 했다.

"네놈들이 어딜……."

이 순간 아큐 머리의 부스럼 자국이 고상하고도 영광스러워 보통의 부스럼 자국과는 다른 것만 같았다. 하지만 위에서도 말했듯이 아큐는 식견이 높은 사람인지라 금세 '금기'하는 것을 어겼다는 생각에 더는 말을 잇지 않았다.

건달은 아직 덜했다고 생각했는지, 집요하게 아큐를 놀려 대다, 결국엔 아큐를 때리기까지 했다. 겉으로 보면 아큐가 졌다. 건달은 아큐의 누런 변발을 움켜쥐고 너덧 번 벽에 쿵쿵 쥐어박은 뒤에야 의기양양해져 만족스럽게 자리를 떴다. 아큐는 잠시 서서 생각해 보았다. '아들 녀석한테 얻어맞았다 치지 뭐. 요즘 세상은 정말이지 왜 이 모양인지…….' 그러자 아큐도 만족스럽게 승리한 기분이 되어 걸어갔다.

아큐는 속으로 생각한 것을 뒤에 가서 낱낱이 말로 뱉어냈다. 그런지라 아큐를 놀리던 사람들은 아큐가 정신 승리법을 쓴다는 사실을 모두 알고 있었다. 이후로 아큐의 누런 변발을 움켜쥘 때마다 건달은 아큐에게 선수를 쳤다.

"아큐, 이건 아들이 아비를 때리는 게 아니고, 사람이 짐승을 때리는 거야. 네 입으로 말해 봐. '사람이 짐승을 때린 거라고!'"

아큐는 두 손으로 자신의 변발 머리채를 틀어쥐고, 고개를 비틀면서 말했다.

"버러지를 때리는 거야, 됐냐? 나는 버러지라고! 이래도 안 놓을 거야?"

버러지라고 했는데도 건달은 꽉 틀어쥔 채로, 근처 가까운 곳에 대여섯 번 쿵쿵 소리가 날 정도로 찧어 대고서야 만족한 듯 호기롭게 걸어갔다. 이번에야말로 아큐를 보란 듯이 혼쭐냈다고 생각하면서 말이다. 그런데 십 초도 안 돼서, 아큐 역시 아주 만족스럽고 당당하게 자리를 떴다. 그는 스스로를 업신여기고 경멸하는 첫 번째 사람이라는 생각을 하며, '스스로를 업신여기고 경멸하는'을 빼 버리고, '첫 번째 사람'이라는 말만 남겨 놓았다. 과거시험의 장원도 '첫 번째 사람' 아닌가?

"네놈들이 대체 뭐라고!?"

아큐는 이렇게 갖은 묘수로 적을 이긴 뒤 이내 즐거운 맘으로 술집으로 달려가 술 몇 잔을 마셨다. 사람들과 한바탕 농담을 섞거나 입씨름을 벌이다 의기양양하고 유쾌하게 사당으로 돌아와 고꾸라져 잠을 잤다. 그러다 돈이라도 만지게 되면 당장 노름판으로 달려갔다! 사람들이 땅바닥에 쭈그리고 앉은 틈새로 아큐는 땀을 뻘뻘 흘리며 끼어들어 가장 큰 목소리로 외쳤다.

"청룡靑龍에 사백!"

"자, ……엽……니다!"

야바위꾼이 뚜껑을 열면서 땀범벅이 된 채 노래를 불렀다.

"천문天門이요…… 각角은 텄고요! 인人과 천당穿堂에는 아무도 없네요……! 아큐 돈은 이쪽으로 넘기시고……."

"천당에 백, 아니 백오십!"

아큐의 돈은 이런 노랫가락을 따라 땀범벅인 다른 사람의 허리춤으로 계속 빠져나갔다. 아큐는 결국 사람들 무리 밖으로 밀려나와 뒤쪽에 서서 남의 노름판에 애를 태우다 판이 끝나면 못내 아쉬운 듯 사당으로 발걸음을 돌렸다. 이튿날, 아큐는 퉁퉁 부은 눈으로 일을 나갔다.

'인간사 새옹지마'라 했던가, 아큐는 한 판 제대로 이기고도 불행하게 실패를 맛보고 말았다.

웨이좡 마을에서 제사를 지내던 날 밤 일이다. 평소대로 밤에 무대가 설치되고, 무대 옆 왼편으로 적잖은 야바위판이 들어섰다. 연극무대에서 울리는 징과 북소리도 아큐의 귀엔 마치 십 리 밖의 일 같았다. 그에겐 그저 야바위꾼의 노랫가락만 들릴 뿐이었다. 그는 이기고 또 이겼다. 동전은 작은 은화가 되고, 작은 은화는 큰 은화가 되어 수북이 쌓여만 갔다. 그는 너무도 기쁜 나머지 "천문에 은전 두 냥!" 했다.

그는 누구랑 누가 뭣 때문에 싸우는지 알지 못했다. 욕하고 때리는 소리에 발걸음 소리까지 뒤죽박죽 한바탕 난리가 났다. 겨우 기어 일어나 보니 야바위판은 사라지고, 사람들도 보이지 않았다. 몸 여기저기가 아픈 걸로 보아, 주먹이나 발길질로 몇 대 얻어맞은 것 같았다. 몇 사람이 의아한 눈으로 그를 바라보았다. 그는 뭔가를 잃은 기분으로 사당으로 돌아와 정신을 가다듬었다. 그제야 수북했던 은화가 사라진 사실을 알게 되었다. 마을 제사 때의 야바위꾼은 대부분 이 마을 사람들이 아니다. 그걸 어디 가서 찾아낸단 말인가?

그렇게도 하얗게 빛나던 은화 한 무더기! 그건 뭐라 해도 자기 것이었는데…… 이젠 어디로 가 버린 걸까? 에이, 아들놈이 가져갔다 치자, 그래 봐도 개운치가 않다. 스스로 버러지라 해 봐도 역시 개운치가 않다. 아큐는 실패의 고통을 이번에 조금이나마 실감했다.

그런데 그는 실패를 즉시 승리로 되돌려놓았다. 그는 오른손을 들어 올려 자기 얼굴의 양쪽 뺨을 힘껏 연달아 때렸다. 얼얼한 것이 통증이 전해졌다. 다 맞은 뒤 마음이 편안해지자, 마치 때린 자도 자기 같고 얻어맞은 자도 자기 같았다. 얼마 안 되어 자기가 다른 사람을 때린 것 같은 생각이 들더니, 좀 얼얼하긴 해도 이내 만족스런 맘으로 의기양양하게 잠자리에 들었다.

그는 깊이 잠들었다.

제3장
승리의 기록 속편

아큐는 언제든 승리했지만, 오히려 자오 나리에게 뺨을 맞은 뒤로 유명세를 타기 시작했다.

마을 지보에게 이백 문의 술값을 물어 주고서 아큐는 화가 나서 벌렁 누워 있자니 이런 생각이 들었다. '요즘 세상은 참으로 요지경이야, 아들놈이 아비를 때리다니…….' 그러자 문득 자오 나리의 위풍당당한 모습이 떠오르면서 이제 자오 나리가 자기 아들 같았다. 점점 우쭐대는 마음에 몸을 일으켜 〈과부가 산소에 가네〉(小孤孀上坟)를 흥얼거리며 술집으로 갔다. 이때만큼은 자오 나리가 남보다 더 고상한 사람으로 여겨졌다.

참 묘하게도, 이 일 이후로 모두들 자기를 유별나게 깍듯이 대접해 주는 것 같았다. 사실 아큐 입장에서야 자기가 자오 나리의 아버지라 생각했겠지만, 사정은 그렇지가 않았다. 웨이좡에서는 통상 아치阿七가 아바阿八를 때렸다든지, 장싼張三이 리쓰李四를 때린 정도야 뭐 이야깃거리도 안 되었고, 그래도 자오 나리

정도 되는 이름깨나 있는 사람과 관련된 일이라야 사람들 입질에 오르내릴 수 있었다. 때린 쪽이 유명인사면 맞은 쪽도 덩달아 유명해졌다. 잘못이 아큐 쪽에 있다는 건 굳이 말할 필요도 없었다. 왜인가? 그거야 뭐 자오 나리가 잘못했을 리 없기 때문이다. 그렇다면 아큐가 잘못한 것인데, 사람들은 무엇 때문에 아큐한테 깍듯이 대하는 것일까? 이건 참 풀기 어려운 문제다. 찬찬히 따져 보면 아마 이런 이유일 수도 있다. 아큐 입으로 자기가 자오 나리네와 일가라 했으니, 얻어맞았다 하더라도, 혹시 신싸일 수도 있겠다 싶어 일단 대접해 주는 것이 상책일 것이다. 그것도 아니라면, 공자 사당에 바쳐진 제물과 같은 이치일 수도 있다. 돼지나 양 같은 짐승일지라도 성인의 젓가락이 간 것이니, 선비들도 감히 경거망동 못하는 것이리라.

아큐는 그 뒤로도 여러 해 동안 폼을 잡고 다녔다.

어느 해 봄날, 얼큰하게 취한 아큐가 길을 걸어가고 있었다. 양지바른 담벼락에서 왕후王胡가 웃통을 벗고 이를 잡고 있었다. 아큐도 갑자기 몸이 가려운 것 같았다. 왕후로 말하자면 부스럼에 털까지 많아 다들 왕털보라고 불렀다. 아큐는 일부러 부스럼(癩) 자는 뺐지만, 왕후를 상당히 하찮게 대했다. 아큐 생각에 부스럼이야 이상할 게 없지만 털북숭이 구레나룻은 정말이지 괴이하고 못 봐줄 것이다. 아큐는 왕후 옆으로 가 앉았다. 만약 다른 건달이었다면 감히 옆에 앉을 생각도 못했을 것이다. 하지만 왕털보쯤이야 뭐 대수겠는가? 사실 말이지 옆에 앉아 준 것만으로도 왕털보를 띄워 준 것이었다.

아큐도 너덜너덜하게 해진 저고리를 벗어 뒤집어 깠다. 빨아 입은 지 얼마 안 되어서인지 아니면 건성건성 봐서인지 한참을 뒤져도 겨우 서너 마리밖에 못 잡았다. 보아하니 왕후는 한 마리씩, 그러다 두 마리에 또 세 마리를 입에 넣고 톡톡 소리를 내며 깨물었다.

처음에 아큐는 실망했지만 시간이 갈수록 화가 났다. 하찮은 왕후도 저렇게 많이 잡는데, 자기는 이렇게 형편없으니, 이 얼마나 체통 깎아먹는 일인가! 그는 큰 놈으로 두 마리 정도는 잡고 싶었다. 하지만 결국 찾아내지 못했고, 겨우 중간 정도를 잡아 도톰한 입술에 모질게 밀어 넣고 힘껏 깨물었다. 퍽 하는 소리가 났지만 왕털보 소리에 비할 바가 아니었다.

그의 부스럼 자국이 온통 붉어졌다. 아큐는 옷을 땅바닥에 내팽개치더니 침을 한 번 뱉고는 이렇게 말했다.

"이 송충이 같은 놈아!"

"이 비루먹은 개자식이 누굴 욕해?"

왕후도 경멸하듯 째려보며 말했다.

요즘 들어 아큐는 사람들한테 비교적 대접도 받고 자기도 좀 더 으스대기는 했지만, 이렇게 남 패는 데 익숙한 건달을 보면 겁이 좀 났다. 그런데 이번만큼은 상당히 용감했다. 이런 털북숭이 놈이 제멋대로 지껄여 대다니?

"누굴 욕하는지 몰라서 묻냐!"

그는 벌떡 일어나 양손을 허리춤에 세우고 말했다.

"네놈 뼈다귀가 근질거리는 모양이지?"

왕후도 일어나 옷을 걸쳐 입으면서 맞받았다.

아큐는 왕후 그놈이 도망치려는 줄 알고 냅다 달려들어 한 방을 날렸다. 주먹이 왕후의 몸에 닿기도 전에 벌써 왕후 손아귀에 붙들리고 말았다. 왕후가 그냥 잡아당겼을 뿐인데 아큐는 비칠거리며 끌려갔다. 왕후는 바로 아큐의 변발을 움켜쥐고 늘 했던 대로 담벼락에 머리를 찧었다.

"'군자란 말로 하지 손을 쓰지 않는 법이다!'"

아큐는 고개를 비틀어 말했다.

왕후는 군자가 아니어서인지, 전혀 개의치 않고 연달아 다섯 번이나 그를 벽에 찧고는, 있는 힘껏 밀쳐냈다. 아큐가 여섯 자나 멀리 나가떨어지자, 그제야 만족스러운 듯 자리를 떴다.

이건 어쩌면 아큐 기억 속에 일생 최대의 굴욕이다. 왕후가 털북숭이라는 결점을 갖고 있어 이제껏 아큐에게 놀림을 받았으면 받았지, 아큐를 놀려 본 적도 없는데, 손찌검은 말해 무엇 하겠는가. 하물며 지금 폭력까지 행사하니, 참으로 뜻밖의 일이다. 세상 사람들 말에 황제가 벌써 과거시험을 폐지하자 수재나 거인擧人도 필요 없게 되었고, 자오씨 가문의 명예도 줄어들었기에, 놈들이 자기를 우습게 아는 것일까?

아큐는 어찌할 바를 몰라 그냥 서 있었다.

저 멀리서 어떤 사람이 다가왔다. 자기의 적수가 또 나타난 것이다. 아큐가 가장 싫어하는 녀석으로 바로 첸 나리의 큰아들이다. 놈은 먼저 성으로 달려가 서양 학교에 들어가더니, 어쩐 일인지 일본으로 건너갔다가 반년 만에 집으로 돌아온 뒤, 다리를 쭉 뻗어 벋정다리로 걸으며, 변발도 없애 버렸다. 그의 모친이 십여 차례나 대성통곡을 하고, 그의 아내도 세 차례나 우물로 뛰어들었다. 후에 그의 모친이 여기저기 이렇게 소문을 냈다. "아들 녀석이 술에 취해 있을 때 녀석 변발을 나쁜 놈들이 잘라 버렸다네. 큰 벼슬을 해야 될 사람인데, 이제는 머리카락이 자랄 때까지 그저 기다리는 수밖에 없지." 하지만 아큐는 그 말을 귓등으로도 믿지 않고 놈을 '가짜 양놈' 아니면 '양놈 앞잡이'라고 불렀다. 놈이 나타나기만 하면 어김없이 속으로 몰래 욕을 해 대곤 했다.

아큐가 무엇보다도 '몹시 싫어하고 질색을 하는 것'은 녀석의 가짜 변발이다. 진짜 변발이 아니면 사람 노릇할 자격조차 없는 것이다. 그의 아내가 우물로 또 뛰어들지 않은 것도 좋은 아내가 아닌 징표리라.

그런 '가짜 양놈'이 가까이 다가왔다.

"중대가리. 당나귀……."

아큐는 이제껏 속으로만 욕하고 소리는 입 밖으로 내지 않았다. 그런데 이번에는 화가 치미는데다 복수하고 싶은 맘에 자기도 모르게 욕이 새나오고 말았다.

생각지도 않게 이 까까머리 중대가리가 노란 칠을 한 지팡이 —이걸 아큐는 장례행렬 때 짚는 곡상봉哭喪棒이라고 부른다—를 들고 성큼성큼 다가왔다. 아차 하는 순간에 얻어맞겠다 싶어 몸을 움츠리고 어깨를 추켜세운 채 기다리고 있었다. 아니나 다를까 딱 하는 소리가 들리더니 머리를 얻어맞은 것 같았다.

"저 아이한테 말한 거예요!"

아큐가 근처에 있던 아이를 가리키며 변명하듯 말했다.

딱! 따닥!

이게 아큐 평생의 두 번째 굴욕으로 기억되는 사건이다. 그나마 다행스러운 것은 따닥거리는 소리가 난 뒤 일이 끝난 것 같아 오히려 홀가분한 마음이었다. 거기다 '망각'이라는 조상 대대로 전해 내려오던 보배가 효력을 발휘하니, 느긋하게 걸어 술집 어귀에 이르렀을 땐 벌써 기분도 좋아졌다.

그런데 맞은편에서 정수암靜修庵의 젊은 비구니가 걸어오고 있었다. 평소에도 아큐는 비구니만 보이면 어김없이 욕을 해 대려 했는데, 하물며 지금은 굴욕을 당한 뒤 아닌가? 기억이 되살아나자 아큐는 또 적개심에 불탔다.

'오늘 내가 왜 이렇게 재수가 없나 했더니, 너를 만나려고 그랬나 보네!' 아큐는 이런 생각이 들었다. 그는 들이대며 큰 소리로 침을 뱉었다.

"칵, 퉤!"

젊은 비구니는 전혀 모르는 일인 듯 거들떠도 안 보고 고개를 숙인 채 길만 재촉했다. 아큐가 그녀 곁으로 다가서더니 갑자기 손을 내밀어 비구니의 파르라니 깎은 머리통을 쓰다듬으며, 헤죽헤죽 말했다.

"까까미리! 얼른 돌아가야지, 중놈이 널 기다리잖아……."

"왜 이렇게 수작을 부리는 거야……."

이렇게 말하며 얼굴이 새빨개진 비구니가 서둘러 지나갔다.

술집 사람들이 박장대소를 했다. 아큐는 자기 공적이 인정을 받은 것 같아 한층 신이 났다.

"중은 수작 부려도 되고, 나는 왜 안 되는데?"

아큐는 비구니의 볼을 꼬집었다.

주점에 있던 사람들이 다시 한번 크게 웃었다. 아큐는 더욱 으스댔고, 또 구경꾼들을 만족시켜 줄 생각에 다시 한번 힘껏 꼬집은 뒤 놔주었다.

아큐는 이 일전一戰으로 일찌감치 왕후 일은 잊어버렸고, 가짜양놈 일도 진즉 망각해 버렸다. 오늘 겪은 온갖 재수 없는 일도 죄다 복수를 한 것 같았다. 거기다 묘하게 온몸이 좀 전에 따닥거리며 맞았던 때보다 훨씬 가벼운 게 훨훨 날아오를 것만 같았다.

"대가 끊길 아큐 놈!"

멀리서 젊은 비구니의 울음 섞인 목소리가 들려왔다.

"하하하!"

아큐는 아주 기분 좋게 만족스런 웃음을 날렸다.

"하하하!"

술집에 있던 사람들도 꽤나 만족스럽게 웃어 젖혔다.

제4장

연애의 비극

누군가 이런 말을 했다. 승리사 가운데 어떤 이들은 적이 호랑이나 독수리처럼 드세고 사나워야 승리의 환희를 느낄 수 있는 거라고. 이를테면 적이 양이나 병아리 같다면 오히려 승리의 무료함만 느낄 뿐이라고 말이다. 또 승리자 가운데 어떤 이들은 모든 걸 이겨낸 뒤 죽어야 할 자는 죽고, 항복할 자는 항복하여 '신이 황송하게도 죽을죄를 지었나이다'의 지경에 이르렀다 치자. 그러면 그에겐 적도 사라지고, 더는 적수도 없을 것이며, 친구도 없고, 자기만 홀로 남겨질 것이니 오히려 승리의 비애감을 느끼게 될 것이다라고. 하지만 우리의 아큐는 결코 그렇게 나약하지 않다. 그는 언제든 영원히 의기양양하다. 이건 어쩌면 중국 정신문명이 전 지구에서 가장 최고라는 증거일 수도 있다.

보시라, 그는 훨훨 날아오를 것 같지 않은가!

하지만 이번 승리는 아큐가 느끼기에 뭔가 좀 달랐다. 그는 반나절을 훨훨 날아다니다 사당으로 날듯이 들어갔다. 누가 짐작이나 했겠는가. 이날 밤 아큐가 평소와는 달리 잠들지 못하리란 사실을. 느낌에 엄지와 검지가 좀 이상했고, 보통 때보다 좀 미끈거리는 것 같았다. 그 젊은 비구니의 얼굴에 미끈거리는 뭔가가 있어 아큐의 손가락에 묻어온 것인지는 알 길이 없다. 아니면 아큐의 손가락이 비구니의 얼굴을 문질러서 미끈거리는 것일까……?

"대가 끊길 아큐 놈!"

아큐의 귀에 이 말이 또 들려왔다. 아큐는 생각했다. 맞아, 여자가 있어야 대도 끊기지 않지. 자손이 없으면 젯밥도 얻어먹을 수 없겠지, ……여자가 있어야 해. 무릇 '불효의 세 가지 가운데 후사가 없는 것이 가장 크다' 했고, '자손이 없으면 귀신도 굶주리게 된다'는 말씀도 있으니, 이건 인생의 큰 슬픔이다. 이런 그의 생각은 전해 내려오는 성현의 말씀에도 딱 들어맞는 것이었다. 다만 '그 풀어헤쳐진 마음을 수습할 길 없으니' 그게 아쉬울 따름이었다.

'여자, 여자……!' 그는 생각했다.

'……중도 마음이 동하는데 ……여자, 여자! ……여자!' 그는 또 생각에 잠겼다.

아큐가 그날 밤 언제쯤 코를 골기 시작했는지 우리는 모르겠다. 하지만 대략 그때부터 그의 손가락엔 미끈거리는 느낌이 들었고, 이때부터 허공을 나는 기분에 '여자……' 생각뿐이었다.

이것만 봐도, 여자가 사람에게 얼마나 해로운 존재인지 가늠할 수 있을 것이다.

중국의 남자는 대부분 성현이 될 수 있었다. 그런데 애석하게도 죄다 여자들 때문에 허물어지고 말았다. 상商나라는 달기妲己로 인해 망했고, 주周나라는 포사褒姒 때문에 끝장났다. 또 진秦나라도…… 역사서에 쓰여 있지는 않지만 역시 여자 때문이라 해도 그리 틀린 말은 아닐 것이고, 동탁董卓 역시 초선貂蟬에게 죽임을 당했음에 틀림없다.

원래 아큐는 바른 사람이다. 그가 어떤 훌륭한 스승의 가르침을 받았는지는 모르겠지만, '남녀유별'에는 상당히 엄격했고, 비구니나 가짜 양놈 같은 이단을 배척하는 데도 철두철미한 정신을 지녔다. 아큐의 '학설'에 따르면, 비구니는 중과 어김없이 정을 통하기 마련이고, 여자가 밖으로 나돌면 그건 분명 바깥 남자를 꾀기 위함이며, 남자와 여자가 함께 이야기를 나누면 반드시 수작을 부리게 될 것이다. 아큐는 그런 것을 벌하고 바로잡기 위해 종종 노려보기도 하고, 큰 소리로 '질타'의 말을 날리기도 했으며, 또 외진 곳이라면 뒤에서 작은 돌을 들어 던지기도 했다.

누가 알았으리오. 아큐 나이 이립而立을 앞두고, 결국엔 젊은 비구니로 인해 이렇게 마음이 흔들릴 줄이야. 싱숭생숭하는 이 마음은 예교로 보면 그리해서는 안 될 일이었다. 그러기에 여자는 참으로 가증스럽다. 젊은 비구니의 얼굴이 미끈거리지만 않았어도 아큐가 정신줄을 그리 놓지는 않았을 것이며, 비구니가 얼굴에 천이라도 가리고 있었더라면 아큐 역시 그런 유혹에 빠지지도 않았을 것이다. 또 오륙 년 전 아큐가 공연 무대 인파 속에서 어떤 여자의 허벅지를 꼬집은 적이 있었는데, 여자가 바지를 한 겹 더 입었기에 그다지 마음이 동하지는 않았다. 그런데 이 비구니는 그리하지 않았으니, 이것만으로도 이단의 가증스러움을 증명하는 것이리라.

'여자……' 아큐는 생각했다.

그는 '바깥 남자를 어쨌든 유혹하려는' 여자에게 매번 유심히 눈길을 주었지만, 그 여자들은 그를 향해 결코 웃어 주지 않았다. 남자와 이야기를 나누는 여자의 말을 찬찬히 들어보아도 무슨 수작을 부리는 말 같은 것은 전혀 없었다. 아, 이것도 여자들의 가증스러운 점 가운데 하나로, 자기들은 죄다 정숙한 요조숙녀인 척한다. 그날 아큐는 자오 나리댁에서 종일 쌀을 찧었다. 저녁을 먹은 뒤 부엌에 앉아 담배를 피우고 있었다. 다른 집 같으면 저녁을 먹고 나면 집으로 돌아가도 되었지만, 자오 나리네는 저녁을 일찍 먹었다. 평소 같으면 등을 밝히지 못하게 하니 밥숟갈을 빼자마자 잠자리에 들어야 했지만, 이따금 예외도 있었다. 그 중 하나가 자오 나리댁 아들이 수재 합격하기 전에 등불을 밝히고 공부를 하도록 했던 것이고, 다른 하나는 아큐가 날품을 팔 때 등불을 켜고 쌀을 찧도록 한 것이다. 그런지라 아큐는 쌀을 찧기 전에 부엌에 앉아 담배를 피웠다.

자오 나리댁의 유일한 하녀였던 우마吳媽가 설거지를 마치고, 의자에 앉아 아큐와 이런저런 이야기를 나누던 참이다.

"마님이 이틀이나 아무것도 안 드시네. 나리가 첩을 하나 들이시려고……."

'여자…… 우마…… 청상과부……' 아큐는 생각했다.

"우리 나리댁 젊은 마님이 8월이면 아기를 낳으시는데……."

'여자……' 아큐는 생각했다.

아큐는 담뱃대를 놔두고 일어섰다.

"우리 젊은 마님이……"

우마는 계속해서 수다를 떨었다.

"나랑 자자, 나랑 자자구!"

아큐가 갑자기 뛰어들더니 우마 앞에 무릎을 꿇었다.

순간 정적이 흘렀다.

"아악!"

일순간 멍해 있던 우마가 겁에 질려 갑자기 바들바들 떨면서 비명 소리와 함께 밖으로 뛰쳐나갔다. 뛰면서 소리를 지르는데, 나중엔 울먹이는 듯했다.

아큐는 여전히 벽을 마주하고 무릎을 꿇고 있었는데, 마치 넋이 나간 것 같았다. 겨우 두 손으로 빈 의자를 짚고 천천히 일어나면서, 뭔가 잘못되었음을 직감했다. 이때 아큐도 경황이 없었던지라 황망히 담뱃대를 허리춤에 낀 채로 쌀을 빻으러 가려고 했다. 순간 퍽! 하는 소리가 들리는가 싶더니, 뭔가 묵직하고 둔탁한 것이 머리를 내리쳤다. 황급히 돌아보니 나리댁 그 수재가 대나무 몽둥이를 들고 아큐 앞에 버티고 있었다.

"네놈이 어딜, ……네 이놈……."

대나무 몽둥이로 아큐를 다시 내리쳤다. 두 손으로 머리를 감싸는 바람에 여지없이 손가락을 맞고 말았는데, 정말로 아팠다. 냅다 부엌을 뛰쳐나오다, 등짝에 한 대 더 맞은 것 같았다.

"못된 놈!"

수재가 뒤쪽에서 표준어로 이렇게 욕을 했다.

아큐는 방앗간으로 뛰어 들어갔는데 혼자 넋이 나간 듯했다. 그저 손가락이 아프다는 것과 '못된 놈!'이라는 말만 귓전을 맴돌았다. 이 말은 웨이좡 사람들이 전혀 사용하지 않는 말로, 관청의 부자들만 쓰는 말이었기에 유독 두렵고 마음에 인상깊게 와 박혔다. 그 바람에 '여……'라는 생각조차 사라져 버렸다. 얻어맞았으니 이걸로 일은 끝났겠다 싶어 되레 가벼운 맘으로 쌀을 빻으러 갔다. 쌀을 빻다 보니 덥다는 생각에 잠시 일손을 놓고 옷을 벗었다.

옷을 벗는데 밖에서 시끌벅적한 소리가 들려왔다. 평생 왁자지껄한 곳 구경을 유독 좋아했던 터라 소리가 나는 곳으로 바로 나가 보았다. 소리가 나는 곳으로 따라가다 보니 바로 자오 나리댁 안뜰이었다. 어둑하게 해질 무렵이지만 그래도 사람들이 많이 모인 것은 분간할 수 있었다. 이틀간 단식을 한 자오 나리댁 마님도 있었고, 이웃의 쩌우치鄒七댁과 자오 나리와 한집안인 자오바이옌趙白眼, 자오쓰천趙司晨도 있었다.

때마침 젊은 마님이 우마를 데리고 방에서 나오면서 이렇게 말했다.

“밖으로 나오게, ……방에 숨으려고만 말고…….”

“자네 행실 바른 거야 누가 몰라, ……허튼 생각일랑 행여 하지도 말고.”

쩌우치댁도 옆에서 거들었다.

우마는 그저 울면서 몇 마디를 했는데, 도통 뭐라고 하는지 알아들을 수 없었다.

아큐는 생각했다. ‘흥, 흥미로운데. 저놈의 과부가 무슨 수작을 꾸미는지 알 수가 있어야지.’ 아큐는 듣고 싶은 맘에 자오쓰천 쪽으로 다가갔다. 순간 자오 나리가 그를 향해 사납게 달려드는데, 손에는 큼직한 대나무 몽둥이가 들려 있었다. 그런데 이 대나무 몽둥이를 보는 순간 번개처럼 자기가 얻어맞은 일이 떠올랐고, 이 소란스러움과 뭔가 관련이 있는 것만 같았다. 잽싸게 몸을 돌려 방앗간으로 도망갈 참이었는데, 그 대 몽둥이가 길을 가로막았다. 얼른 몸을 내빼 자연스레 후문으로 도망갔다. 얼마 안 되어, 아큐는 벌써 사당 안으로 들어왔다.

잠시 앉아 있자니, 소름이 돋고 한기가 느껴졌다. 봄이라지만, 밤사이엔 제법 쌀랑한 게 웃통을 벗고 있기는 좀 그랬다. 그제야 윗도리를 자오 나리댁에 놓고 온 게 생각났다. 가지러 가자니, 수재의 대 몽둥이가 정말 두려웠다. 그 참에 지보가 사당으로 밀고 들어왔다.

"아큐, 네 이놈! 자오 나리댁 하녀까지 건드리다니, 넌 완전 반역자야. 네놈 때문에 나까지 밤에 잠도 못 자고 말이야, 고얀 놈……!"

이러쿵저러쿵 한동안 훈시를 늘어놓는 사이, 아큐는 당연히 꿀 먹은 벙어리였다. 밤인지라 지보에게 술값으로 갑절인 사백 문을 줘야만 했다. 하지만 아큐에겐 딱히 현금이 없었기에, 모자를 저당 잡히고, 다섯 가지 약속도 했다.

1. 내일 한 근의 붉은 초(紅燭) 한 쌍과 향 한 봉지를 가지고 자오 나리댁에 가서 사죄한다.

2. 자오 나리댁에서 도사를 불러 목맨 귀신을 쫓는 굿판을 여는데, 그 비용은 아큐가 부담한다.

3. 이후로 아큐는 자오 나리댁 문턱을 넘어오지 않는다.

4. 이후로 우마에게 불미스런 일이 생기면, 전적으로 아큐가 책임진다.

5. 아큐는 품삯과 윗도리를 찾으러 가서는 안 된다.

아큐는 물론 모두 인정했지만, 정작 돈이 없었다. 그나마 다행인 것은 이미 봄인지라 솜이불은 안 써도 되겠기에 이천 문에 솜이불을 저당 잡혀 조건을 이행했다. 웃통을 벗은 채로 머리를 조아려 가며 사죄하고 나니, 뜻밖에 돈은 몇 푼 남지 않았다. 아큐는 모자도 찾아오지 않고, 남은 몇 푼으로 죄다 술을 마시는 데 써 버렸다. 그런데 자오 나리댁에선 향을 피우지도 홍촉을 밝히지도 않았다. 그건 큰 마님이 불공을 드릴 때 쓰려고 남겨 놓은 것이다. 낡아 해진 윗도리 대부분은 젊은 마님이 8월에 출산할 아기 기저귓감이 되었다. 그리고 나머지 해진 조각은 우마의 신발 밑창이 되었다.

제5장

생계 문제

시죄의 예를 다 갖춘 후 아큐는 평소처럼 사당으로 돌아왔다. 해는 뉘엿뉘엿 지는데, 왠지 세상이 묘하게 돌아가는 느낌이다. 곰곰이 생각하다 보니 문득 깨달아지는 바가 있다. 자기가 웃통을 벗은 게 화근이었다는. 누더기 저고리가 있었던 걸 기억해 내고는 그걸 몸에 걸친 채 자리에 누웠다. 다시 눈을 떠 보니, 해는 이미 서쪽 담장 위로 기울고 있었다. 일어나 앉으면서 아큐는 이렇게 내뱉었다. "제기랄……."

일어나서 그는 전처럼 거리를 쏘다녔다. 웃통을 벗고 다닐 때 느꼈던 살을 에는 아픔 같지는 않았지만 뭔가 세상이 좀 요상하게 돌아간다는 생각이 차츰 들었다. 이날 이후로 웨이좡의 여자들은 갑자기 부끄러움이라도 타는지 아큐가 다가오기라도 하면 하나같이 문안으로 숨어 버렸다. 심지어 오십 살 먹은 쩌우치댁조차 남들처럼 다급하게 몸을 숨기고, 열한 살 먹은 여자아이도 불러들였다. 아큐는 참 이상하다고 생각했다. '이것들이 갑자기

아가씨 흉내를 내네. 이 잡것들이…….'

그런데 세상이 더욱 묘해진다는 느낌이 든 건 정작 여러 날이 지난 뒤의 일이다. 우선 술집에선 외상을 주지 않았고, 둘째, 사당지기 영감이 쓸데없는 소리를 지껄이는 게 아큐를 쫓아내려는 눈치였다. 셋째, 얼마나 되었는지 모르겠지만 분명 여러 날 동안 아무도 자기한테 품일을 주지 않았다. 술집에서 외상을 안 주면 그거야 참으면 되는 일이었다. 또 사당지기 영감이 쫓아내려고 안달이어도 그런가 보다 하고 버티면 그만이었다. 하지만 아무도 품일을 맡기지 않는다면 그건 아큐 배를 곯리는 일이니 이는 실로 대단히 '빌어먹을' 일이었다.

아큐는 견딜 수가 없어, 전부터 단골이었던 집들을 찾아가 물어볼 수밖에 없었다. 그런데 자오 나리댁 문턱만은 넘어서는 안 되었고, 상황은 분명 크게 달라져 있었다. 한 사내가 걸어 나오더니 몹시 귀찮은 얼굴로 마치 거지를 내쫓듯 손을 내저었다.

"없어, 없다고. 꺼지라니까!"

아큐는 갈수록 정말 이상하다는 느낌이 들었다. 이런 집들에 품일이 이제껏 상당했는데, 이제 와서 돌연 없을 리 만무하다. 그 안에 뭔가 사연이 있는 게 분명했다. 찬찬히 알아보고서야 아큐는 그런 품일이 모두 샤오디小D에게 돌아간다는 사실을 알게 되었다. 이 샤오디로 말하자면 가난뱅이에 비쩍 마른 허약체로, 아큐 눈엔 왕털보보다 더 하수였다. 이런 하찮은 놈한테 자기 밥

그릇을 뺏길 줄이야 누가 생각이나 했겠는가. 그런지라 아큐는 평소와는 사뭇 달리 화가 치밀어 열이 뻗쳤다. 씩씩거리며 길을 걸으면서, 손을 휘둘러 가며 노래를 불러 젖혔다.

"쇠채찍을 잡아 쥐고 너를 후려치리라……!"

며칠 뒤, 아큐는 첸 나리댁 담벼락 앞에서 샤오디와 딱 마주쳤다. '원수는 유독 눈에 잘 띄는 법'이라 했듯이, 아큐가 바로 샤오디 앞으로 다가서자 샤오디도 멈춰 섰다.

"짐승 같은 놈!"

아큐가 눈을 부릅뜨고 노려보면서 입가에 침을 튀겨 가며 말했다.

"나는 버러지다, 어쩔래……?"

샤오디가 말했다.

이런 겸손이 오히려 아큐의 화를 돋우었다. 하지만 손에 쇠채찍이 없는지라, 그냥 달려들어 샤오디의 변발을 움켜쥐었다. 샤오디도 한손으론 자기 변발 밑둥을 잡으면서 또 다른 손으론 아큐의 변발을 움켜쥐었고, 아큐 역시 자기 변발 밑둥을 잡았다. 왕년의 아큐라면 샤오디 정도는 아무것도 아니었겠지만, 최근 들어 굶주린 까닭에 샤오디 못지않게 마르고 약해진지라 둘은 막상막하였다. 네 개의 손이 머리채 둘을 움켜쥐고 허리를 구부린 채 첸 나리댁 담장에 푸른색 무지개를 만들었다. 그러기를 반 시간 정도 되었을까.

"됐다, 됐어!"

구경꾼들이 둘을 말릴 심산으로 이렇게 말했다.

"잘하네, 잘해!"

구경꾼들이 말리는 것인지, 잘한다고 추켜세우는 것인지, 아님 더 하라고 부채질하는 것인지 도통 알 수가 없었다.

하지만 둘은 들은 척도 하지 않았다. 아큐가 세 발짝 나가면 샤오디는 세 발짝 뒤로 물러났고, 샤오디가 세 발짝 나가면 아큐도 세 발짝 뒤로 물러나 버텼다. 반 시간쯤 되었을까, 웨이좡에는 자명종이 없어 단정지어 말할 수는 없으니 이십 분인지도 모르겠다. 둘의 머리에선 김이 나고 이마에선 비지땀이 흘렀다. 아큐의 손이 느슨하게 풀리자, 순식간에 샤오디의 손도 풀렸다. 둘은 동시에 몸을 세우고 동시에 물러나 인파를 뚫고 나갔다.

"두고 보자, 네 이놈……."

아큐가 돌아보며 말했다.

"네 이놈, 두고 보자고……."

샤오디도 돌아보며 말했다.

이번의 '용쟁호투龍爭虎鬪'는 무승부 같았고, 구경꾼들이 만족했는지는 아무런 이야기가 없어 알 길이 없다. 다만 아큐에게 품일을 맡기는 사람은 여전히 아무도 없었다.

따스한 어느 날, 살랑살랑 불어오는 미풍에 여름 기운이 느껴지는데, 아큐는 되레 추웠다. 이건 그래도 견딜 만했지만, 배고픔은 정말 곤란한 일이다. 이불과 모자, 홑옷은 일찌감치 없어졌고, 다음은 솜옷을 팔아치웠다. 이제 남은 거라곤 바지뿐인데 이걸 벗을 수는 없잖은가. 다 낡아 해진 누더기 겹옷이 있긴 하지만, 이건 누구 신발 밑창이나 하라고 주면 모를까 팔아 돈이 될 것은 아니었다. 진즉부터 길에서 혹시 돈이라도 주웠으면 싶었지만, 지금까지 땡전 한 푼 보이지 않았다. 자기가 살고 있는 낡은 집에서 돈 한 푼이라도 주울까 싶어 사방을 두리번거렸지만 집은 텅 빈 채 아무것도 없었다. 이제 그는 거리로 나가 걸식을 하기로 결심했다. 그는 길을 걸어가며 '구걸'을 할 참이었다. 낯익은 술집이 눈에 들어오고, 익숙한 만두가게도 눈에 들어왔다. 하지만 아큐는 모두 지나쳤다. 잠시 멈춰 서지도 않았고, 구걸을 할 생각도 없었다. 아큐가 원하는 건 이런 게 아니었다. 그렇다면 그가 원하는 건 무엇인가, 사실 자기도 뭘 원하는지 알 수 없었다.

웨이좡은 본래 큰 마을이 아닌지라, 얼마 안 가 마을 끝자락까지 왔다. 마을 밖은 대부분 논인지라, 눈에 한가득 들어오는 건 갓 모를 낸 연초록의 벼 천지였다. 그 사이로 둥글게 움직이는 검은 점 모양은 바로 밭일을 하는 농부들이다. 아큐는 이런 시골 전원을 감상할 여유도 없이 그저 내처 걸었다. 직감적으로 이런 건 자기의 '걸식'과 하등에 상관없는 일임을 알아차렸기 때문이다. 그는 마침내 정수암의 담장 밖까지 왔다.

암자 주변도 논으로, 신록들 사이로 하얗게 회칠을 한 담장이

솟아 있었다. 암자 뒤쪽의 야트막한 토담 안쪽은 채소밭이었다. 아큐는 잠시 멈칫하다, 사방을 둘러봤다. 아무도 보이지 않았다. 아큐는 나지막한 이 담장을 기어올라 하수오 덩굴을 붙잡았다. 토담의 진흙이 와르르 떨어지자, 아큐의 다리도 덜덜 떨렸다. 마침내 뽕나무 줄기를 붙들고 안쪽으로 뛰어들었다. 안쪽은 정말로 푸르게 무성했다. 하지만 황주나 만두 같은 건 없었고, 그 밖의 먹거리도 눈에 띄지 않았다. 서쪽 담장은 대나무 숲인지라, 아래쪽에 죽순이 상당했지만, 아직 익히지 않은 날것이라 아쉬웠다. 유채가 있긴 하지만 벌써 씨가 들었고, 갓은 이미 꽃을 피웠으며, 봄동 배추도 진즉에 쇠어 버렸다.

아큐는 과거에 낙방한 글방도련님처럼 몹시 억울했다. 천천히 밭으로 가는 문 어귀로 걸음을 움직이다 갑자기 얼굴에 희색이 돌았다. 이건 분명 무밭이었다. 그는 쭈그리고 앉아 얼른 무를 뽑았다. 그때 문 입구로 둥근 머리 하나가 쑥 나오더니, 금세 들어가 버렸다. 젊은 비구니임에 틀림없었다. 비구니 정도야 아큐 눈엔 아무것도 아니었다. 하지만 세상일이란 반드시 '한 발 물러서서 생각해 봐야' 할 일이다. 그런지라 서둘러 무 네 개를 뽑고 푸른 잎을 따낸 뒤 윗옷 가슴팍에 구겨 넣었다. 그런데 나이 든 비구니가 어느새 나와 있었다.

"아미타불! 아큐, 자네 어쩌자고 남의 밭에 무단 침입하여 무를 훔쳐 가는 것인가! ……아아, 죄를 지었도다. 아, 아미타불……!"

“내가 언제 남의 밭에 들어와 무를 훔쳤다는 게요?”

아큐가 슬금슬금 보면서 도망치며 말했다.

“지금…… 이건 뭐야?”

나이 든 비구니가 아큐의 옷 품속을 가리켰다.

“이게 당신 거라고? 무한테 물어보면 무가 대답이라도 할 것 같아? 당신……”

아큐는 말을 다 마치지도 않고 발을 빼 줄행랑을 쳤다. 그때 아주 살찐 덩치 큰 검정개 한 마리가 쫓아왔다. 원래 앞문에 있던 건데 언제 여기 뒤뜰까지 왔는지 모르겠다. 검둥이가 으르렁거리며 쫓아와 아큐의 다리를 물어뜯으려는 순간, 다행히도 옷섶에서 무 하나가 떨어지자 검둥이가 순간 놀라 잠시 주춤했다. 이 틈에 아큐가 재빨리 뽕나무 위로 기어올라 토담을 넘어 사람과 무 모두 담장 밖으로 나뒹굴었다. 검둥이는 아직도 뽕나무를 올려보며 짖어 댔고, 나이 든 비구니의 염불 소리만 여전했다.

아큐는 비구니가 또 검둥이를 풀어놓을까 봐 겁이 나 무를 주워든 채 도망치다, 길가의 작은 돌멩이 몇 개를 주웠다. 검둥이는 다시 나타나지 않았다. 아큐는 그제야 돌멩이를 버리고, 걸어가면서 무를 씹어 먹었다. 그러면서 이런 생각을 했다. ‘여기엔 먹을 게 아무것도 없으니, 차라리 성으로 가야겠다…….’

무 세 개를 다 먹고서, 아큐는 성으로 들어갈 마음을 굳혔다.

제6장
흥하다가 망하다

웨이좡에서 아큐를 다시 보게 된 것은 그해 추석이 막 지난 무렵이었다. 사람들 모두 아큐가 돌아왔다는 말에 깜짝 놀랐다. 돌이켜 생각해 보면, 그가 대체 어딜 갔었단 말인가? 아큐는 전에도 몇 차례인가 성에 간 적이 있었는데, 그때마다 미리 마을 사람들한테 신바람이 나서 떠들어 대곤 했다. 그런데 이번에는 그러지 않아서, 아무도 신경 쓴 사람이 없었다. 혹시 사당지기 영감에게 이야기했을지도 모르나, 웨이좡의 관례상 적어도 자오 나리나 첸 나리, 그리고 수재 나리 정도가 성에 가야 화젯거리가 되었다. 가짜 양놈도 그 축에 끼지 못하는데 아큐 정도는 말해 뭐하겠나. 그런지라 사당지기 영감도 떠벌리지 않았을 것이니 웨이좡에선 알 턱이 없었을 것이다.

그런데 이번에 아큐가 돌아오자 전과는 너무 달라져서 확실히 깜짝 놀랄 만했다. 날이 저물 무렵, 아큐는 몽롱하게 졸린 눈으로 술집 문 앞에 나타났다. 계산대로 다가가 허리춤에서 뭔가를 꺼내는데 한 줌 가득 온통 은전과 동전을 쥐고 있었다. 아큐가 그것을 계산대로 던지며 말했다.

"현금이오! 술이나 주쇼!"

새 겹저고리를 걸치고 허리춤엔 큼직한 주머니를 차고 있는데 묵직한 게 축 늘어져 허리띠가 마치 활처럼 휘어 있었다. 웨이좡에서는 통상 눈에 띄는 사람이 나타나면 그를 무시하기보다는 떠받들었다. 지금 이 사람이 아큐라는 사실을 모두 알면서도 이전에 낡은 옷을 입고 있던 아큐와는 완전 딴판으로, "선비는 사흘만 떨어져 있어도 괄목상대해야 한다."는 옛 말씀 그대로였다. 점원, 주인, 손님, 그리고 행인 모두 의심스러우면서도 공경하는 태도를 보였다. 주인이 먼저 고개를 끄덕인 뒤 이어 말했다.

"어이, 아큐, 돌아왔구먼."

"돌아왔지요."

"부자가 되었네, 자네 어디서……."

"성안으로 갔지요!"

이튿날 새로운 이 소식은 웨이좡 온 마을에 파다하게 퍼졌다. 너도나도 할 것 없이 마을 사람들은 돈과 새 옷을 입고 나타난 아큐의 성공신화를 알고 싶어 했다. 술집, 찻집, 또 사당 처마 아래로 모여들어 그것을 캐내고 싶어 했다. 그 결과 아큐는 새로운 존경의 대상이 되었다.

아큐 말에 따르면, 그는 거인 나리댁에서 일을 거들어 주었다

한다. 이 부분에서 듣고 있던 사람들 모두 숙연해졌다. 이 나리로 말할 것 같으면, 본래 바이白씨이나, 온 성에 거인이라곤 이분 한 분뿐이니 굳이 성을 붙일 필요도 없이 거인이라면 바로 그를 가리킨다. 웨이좡에서만 그런 것이 아니라 백 리 안에서는 거인 나리가 바로 그의 이름인 셈이었다. 이런 분의 집에서 일을 거들었다니, 당연히 존경받을 만했다. 그런데 아큐의 이어지는 말에 따르면 그 집에서 더는 일을 거들고 싶지 않았다고 한다. 그건 이 거인 나리가 사실 너무나도 '제기랄 놈'이기 때문이라 한다. 이 대목에서 아큐의 말을 듣고 있던 마을 사람들은 탄식과 쾌감을 동시에 느꼈다. 사실 말이지 아큐가 거인 나리댁에서 일을 거들 만한 인물은 못 되지만 그래도 더는 일을 거들지 않는다니 좀 아쉬웠던 것이다.

아큐 말에 따르면 그가 웨이좡으로 돌아온 데는 성 사람들에 대한 불만도 한몫한 듯하다. 이를테면 성 사람들은 긴 의자인 창덩長凳을 탸오덩條凳이라 하질 않나, 생선 지짐에 잘게 썬 파를 올리는 것도 맘에 들지 않았다. 또 요즘 관찰한 결점인데 여자들이 거리를 걸으면서 엉덩이를 흔들어 대는 것은 참 가관이었다. 하지만 어쩌다 감복할 만한 점도 있었다. 웨이좡 시골 사람들은 그저 서른두 개짜리 대나무패 놀이밖에 할 줄 모르고, 그나마 가짜 양놈이나 마작을 할 줄 아는데, 성 사람들은 조무래기 아이들조차 아주 능숙하게 마작을 하더라는 것이다. 가짜 양놈 정도는 성안의 열 몇 살 정도의 조무래기들 손에서도 '염라대왕을 알현하는 새끼귀신' 꼴이 될 거라 했다. 이 대목에서 사람들은 하나같이 얼굴이 붉어졌다.

"사람 머리 잘리는 거 본 적들 있나?"

아큐가 말했다.

"참, 볼만하지. 혁명당을 죽이더군. 햐, 볼만하지 볼만하고말고……."

아큐가 고개를 가로저으며 맞은편 자오쓰천의 얼굴에 침을 튀겼다. 이 대목에서 듣고 있던 사람들 모두 오싹하고 섬뜩했다. 그때 아큐가 사방을 휙 한 차례 둘러보더니 갑자기 오른손을 들어 올려 목을 쭉 빼고 이야기에 넋이 나간 왕털보의 뒷목덜미를 곧장 내려치며 말했다.

"싹둑!"

왕털보가 순간 화들짝 놀라더니 전광석화처럼 재빠르게 목을 움츠렸다. 듣는 사람들도 무서우면서도 재미있어 했다. 이후로 왕털보는 한동안 머리가 어질어질하고 핑 돌아, 다시는 아큐 근처에도 가지 않았다. 그건 다른 사람들도 마찬가지였다.

그즈음 웨이좡 사람들의 눈에 아큐는 자오 나리보다 더할 정도는 아니어도 거의 버금갈 정도는 된다 해도 틀린 말은 아니었다.

그런데 얼마 안 되어 아큐의 이 명성은 삽시간에 웨이좡 아낙들의 안방까지 널리 퍼져 나갔다. 사실 웨이좡에선 자오 나리나 첸 나리댁 정도나 대저택이지 나머지 집들은 하나같이 허접하고 보잘것없는 것이었지만, 그래도 규방은 규방인지라 거기까지 구석구석 퍼진 소문 역시 신기한 일인 셈이다. 여자들은 만나기만 하면 수군거렸다. 쩌우치댁이 아큐한테서 남색 비단치마를 샀는데 새것은 아니어도 구십 전밖에 안 했다느니, 자오바이옌趙白眼의 어머니 — 자오쓰천의 어머니라고도 하나 확인된 건 아니다 — 도 아이들에게 입힐 빨강색 옥양목 홑옷을 샀는데, 제법 새것인데도 삼백 문도 채 안 줬다느니 했다. 그러자 여자들은 아큐를 눈이 빠지게 기다리면서, 비단치마가 없는 사람은 그걸 살 수 있는지, 또 옥양목 홑옷이 필요한 사람은 그걸 구할 수 있는지를 물어보고 싶어 했다. 이젠 아큐를 봐도 도망가거나 피하지 않았고, 어쩌다 아큐가 벌써 지나쳐 갔으면 되레 쫓아가 그를 불러 세우며 묻기도 했다.

"아큐, 남색 비단치마 아직 있수? 없다고? 그럼 옥양목 홑옷이라도 있을까, 그건 있겠지?"

소문은 마침내 보통 아낙네 규방에서 대감댁 규방으로까지 퍼져 나갔다. 쩌우치댁이 신바람이 난 나머지 이 비단치마를 입고 자오 나리댁 마님께 달려가 보여 주었고, 마님은 이걸 또 자오 나리에게 알리면서 한바탕 칭찬을 늘어놨다. 그러자 저녁 식사 자리에서 자오 나리는 수재 나리와 이야기를 나눴다. 아큐는 정말로 좀 이상한 놈이니 우리가 문단속을 단단히 해야겠다고. 그러면서도 아큐의 물건 가운데 뭐 살 만한 게 있는지, 어쩌면 쓸 만한 게 있을지도 모를 일이라고. 때마침 자오 마님이 값싸고 품질 좋은 모피 조끼를 사고 싶어 했다. 그러자 가족회의를 거쳐 쩌우치댁더러 당장 아큐를 찾아 나서도록 했다. 이건 자오 나리댁의 세 번째 예외 상황으로, 이날 밤에 잠시 등잔불을 밝히기로 한 것이다.

등잔불 기름이 적잖이 타들어 가는데 아큐는 아직도 나타나지 않았다. 자오 나리댁 온 식솔들은 초조한데다, 졸려 하품도 했다. 아큐는 너무 종잡을 수 없다고 원망도 했다가, 쩌우치댁이 빨리 안 온다고 투덜대기도 했다. 자오 마님은 지난봄에 약속한 조건 때문에 아큐가 못 오는 게 아닌지 모르겠다 했고, 자오 나리는 '자기'가 오라고 한 것이니 그런 걱정은 할 필요 없다고도 했다. 과연 자오 나리의 식견은 남달랐다. 아큐가 마침내 쩌우치댁을 따라 들어왔다.

"아큐가 자꾸 없다고만 하니, 제가 직접 가서 말씀드리라 했습니다. 그런데도 또 자꾸……."

숨을 몰아쉬던 쩌우치댁이 들어서며 말했다.

"나리!"

아큐는 웃는 건지 아닌 건지 그저 이렇게 부르고는 처마 밑에 멈춰 섰다.

"아큐, 성에 가서 돈 좀 벌어 왔다던데."

자오 나리가 성큼 다가와 아큐를 쭉 훑어보면서, 이렇게 말했다.

"좋아, 좋다구. 그런데 ……자네한테 물건이 좀 있다던데, …… 한번 다 가져와 보여 줘 보게, ……뭐 다른 건 아니고, 내가 좀 필요한 게 있어서……."

"제가 쩌우치댁한테 말했는데요. 다 팔렸습니다요."

"다 팔려?"

자오 나리는 자기도 모르게 이렇게 말했다.

"그걸 그렇게 빨리 팔아 치웠다고?"

"그게 친구 것인데다 본래 많지도 않아서 다 팔려 버렸습니다……."

"그래도 조금은 남아 있겠지."

"지금은 문에 치는 발 하나 겨우 남았습니다요."

"그렇담 그거라도 가져와 보게."

자오 마님이 다급하게 말했다.

"그럼 그건 내일 가져오면 되겠네."

자오 나리는 한풀 열이 식어 말했다.

"아큐, 앞으로 뭐 물건이 생기면 먼저 우리한테 가져와 보여야 하네……."

"값이야 다른 집보다 섭섭하지 않게 해 줄 테니!"

수재가 말했다. 수재 부인은 아큐가 감동하는지 보려고 얼른 아큐의 얼굴을 살폈다.

"난 모피 조끼가 필요하네."

자오 마님이 말했다.

아큐가 대답은 했지만 천천히 느릿하게 걸어 나가는 게 안심해도 좋을지 도통 알 수가 없었다. 자오 나리는 실망스런 마음에 화가 치밀고 걱정도 되어 하품조차 멈춰 버렸다. 수재는 아큐의 이런 태도에 심기가 불편해, 이런 놈은 조심해야 하고, 지보에게 분부하여 웨이좡에 못 살게 해야 한다고 했다. 하지만 자오 나리는 그렇게 생각하지 않았다. 그리하면 행여 원한을 품을 수도 있고, 게다가 이런 일을 하는 사람들이란 대개 '독수리가 둥지 근처의 먹이는 먹지 않는' 것과 같은 이치니 마을에선 그다지 걱정하지 않아도 될 것이라 했다. 다만 밤에 각자가 조심하면 될 일이라고. 수재는 '집안 어른의 가르침'을 듣고 대단히 지당하신 말씀이라 여겨, 아큐를 쫓아내자는 의견을 즉시 철회하고, 쩌우치댁에게 절대 이 일을 소문내지 말라고 입단속을 했다.

하지만 이튿날, 쩌우치댁은 남색 치마에 염색을 하러 나갔다가 아큐의 미심쩍은 점들을 소문내고 돌아다녔다. 다만 수재가 아큐를 내쫓으려 했다는 말은 확실히 발설하지 않았다. 그렇지만 이런 게 아큐에게는 상당히 불리하게 작용했다. 가장 먼저 지보가 찾아와 그의 문발을 가져가 버렸다. 자오 마님에게 보여 드려야 한다고 했지만 소용없었고, 오히려 매달 상납금을 바치라고 했다. 그 다음은 마을 사람들의 아큐에 대한 존경심에 변화가 발생했다는 점이다. 물론 아직은 함부로 대하지 못했지만, 뭔가 멀리하고 피하는 기색이 역력한 것이, 전에 그가 '싹둑' 했을 때 존경하면서도 멀리하던 분위기와는 분명 달라졌다. 뭔가 모르게 '경이원지敬而遠之'하는 느낌이 섞여 있었다.

다만 마을 건달들만 대체 어찌된 일인지 아큐에게 내막을 캐려 했다. 아큐도 숨기는 거 없이 거드름을 피워 가며 자기 경험담을 들려 주었다. 이제야 그들도 아큐가 한낱 졸개에 불과하다는 것을, 담을 넘을 수도, 안에 들어갈 수도 없어 그저 밖에 서 있다가 물건을 건네받았다는 사실을 알게 되었다. 어느 날 밤, 아큐가 보따리 하나를 막 전달받고, 두목이 다시 들어간 지 얼마 안 되어 안쪽에서 소란스런 소리가 들렸다. 아큐는 냅다 도망치기 시작했고, 밤을 틈타 성을 빠져나와 웨이좡으로 돌아온 것이다. 이후로 아큐는 더는 이런 일을 하지 못했다 한다. 하지만 이런 이야기는 아큐에게 더욱 불리하게 돌아갔다. 마을 사람들의 아큐에 대한 '경이원지'는 아큐에게 원망을 살까 싶은 두려운 마음 때문이었는데, 알고 보니 다시 도둑질을 할 엄두도 못내는 좀도둑일 줄이야 누가 생각이나 했겠는가? 사실 이것이야말로 '이런 것은 두려워 할 것이 못 된다'였다.

제7장

혁명

선통宣統 3년(역자 주: 1911년) 9월 14일, 아큐가 자오바이옌에게 전대를 판 바로 그날, 한밤중에 검은 덮개를 씌운 배 한 척이 자오 나리댁 근처의 강기슭에 닿았다. 컴컴한 밤중에 배가 들어온지라 깊이 잠든 마을 사람들은 아무도 이 사실을 알지 못했다. 하지만 배가 떠날 무렵 동이 트고 있어 마을 사람 몇몇이 이 배를 목격했다. 머리를 굴려 가며 이리저리 알아본 결과 그건 거인 나리의 배였다.

그 배는 웨이좡에 적잖은 불안을 싣고 왔다. 정오가 채 안 되어 온 마을이 술렁였다. 배가 왜 웨이좡에 들어왔는지 자오 나리댁에서는 철저하게 비밀에 부쳤지만, 찻집이나 술집에서 다들 하는 말이 혁명당이 성에 들어온다니 거인 나리가 우리 마을로 피난을 온 거라고 했다. 그런데 쩌우치댁만은 그렇지 않다고 했다. 낡은 옷상자 몇 개를 거인 나리가 자오 나리에게 맡기려 했다가 자오 나리가 거절하는 바람에 다시 가져간 것이라 했다.

사실 거인 나리와 자오 나리댁이 평소 잘 아는 사이도 아닌지라 '어려움을 함께할' 정분이 있는 것도 아니었다. 게다가 쩌우치댁은 자오 나리댁과 이웃으로 가까이서 보고 들었을 것이니 아마도 쩌우치댁 말이 맞을 것이다.

하지만 소문은 무성하게 퍼져 나갔다. 거인 나리가 몸소 온 것 같지는 않고, 편지 한 통을 보내 자오 나리네와 '먼 친척'이 된다고 했다느니, 자오 나리야 배알이 틀리긴 했지만 뭐 크게 나쁠 것은 없을 것 같아 그 상자를 받아 자오 마님 침상 아래에 숨겨놨다고들 했다. 또 어떤 이들은 혁명당이 그날 밤 성으로 들어왔는데, 저마다 흰 투구에 흰 갑옷을 걸친 것이 명나라 숭정황제를 기리기 위함이라고 했다.

이 혁명당이라는 말은 진즉부터 아큐가 들어온 것인데다, 올해 또 혁명당을 죽이는 광경까지 직접 보기도 했다. 사실 어디서 굴러온 의견인지 몰라도 혁명당은 반란이고, 반란은 바로 그를 힘들게 할 것이라 여겨 이제껏 '몹시 그리고 대단히 싫어했다.' 그런데 뜻밖에 백 리 밖에서도 명성이 자자한 거인 나리조차 이렇게 두려워하다니, 혁명당이라는 것에 왠지 마음이 좀 끌리는데다 웨이좡의 어중이떠중이들이 허둥대는 모습에 더 신바람이 나기도 했다.

'혁명도 좋은 거네' 아큐는 생각했다. '이 빌어먹을 것들을 혁명해 버리지 뭐. 참으로 못된 것들! 가증스럽기 짝이 없는 것

들……! 그래, 나도 혁명당에 들어가야겠어!'

요즘 들어 아큐는 빈털터리 신세라 좀 불만스러웠다. 거기다 낮에 빈속에 두어 잔 술을 들이켰더니, 훨씬 더 빨리 취하는 것 같았다. 이런저런 생각에 발걸음을 옮기다 보니 몸은 한들한들 뜨는 기분이었다. 어찌된 것인지 문득 자기가 바로 혁명당인 것 같고, 웨이좡 사람들은 죄다 자기의 포로가 된 것 같았다. 그는 으쓱한 마음에 목청껏 소리를 지르기 시작했다.

"반란! 반란이야!"

웨이좡 사람들 모두 두렵고 놀란 눈으로 아큐를 바라보았다. 그런 불쌍한 눈빛은 전에도 본 적이 없는데, 한 번 보고 나니 오뉴월에 얼음물을 들이킨 것처럼 참으로 시원하고 통쾌하기 그지없었다. 아큐는 더 흥에 겨워 고래고래 소리를 지르며 걸어갔다.

"좋아, ……내가 원하는 건 모두 내 것이야. 마음에 드는 여자도 다 내 차지고.

둥둥, 칭칭!

후회해도 소용없지. 술기운에 정鄭 아우의 목을 쳤네,

후회해도 소용없지, 아아아…….

둥둥, 칭칭, 둥, 칭링칭!

쇠채찍 들어 네놈들을 치리라……."

자오 나리댁의 두 남자와 두 명의 진짜 친척이 대문 어귀에 서서 혁명 이야기를 나누고 있는데, 이를 보지 못한 아큐는 고개를 쳐든 채 계속 흥얼거리며 지나쳤다.

"둥둥, ……"

"큐 양반,"

자오 나리가 겁을 잔뜩 먹은 채 기어들어가는 목소리로 아큐를 불렀다.

"칭칭"

아큐는 자기 이름에 '양반' 자를 붙이리라곤 생각도 못했다. 그런지라 그건 자기와는 아무런 상관도 없는 딴 말이라 생각하고 노래만 불렀다.

"둥둥, 칭칭, 칭링칭, 칭!"

"큐 양반,"

"후회해도 소용없네……."

"아큐!"

하는 수 없이 수재는 아큐 이름을 바로 불렀다.

아큐는 그제야 멈춰 서서 고개를 삐딱하게 돌리며 물었다.

"뭐요?"

"큐 양반, ……지금……"

자오 나리는 잠시 말을 잇지 못하더니,

"요즘…… 돈벌이 좋다며?"

"돈벌이라고요? 물론이죠. 뭐 원하는 건 뭐든 내 거니까……."

"큐 형님, 우리 같은 가난뱅이들은 별 일 없겠죠……."

자오바이옌이 혁명당의 속내를 떠보려는 듯 겁을 먹은 채 조심스레 말했다.

"가난뱅이? 나보다 돈도 많으면서 뭘."

아큐는 이렇게 말하고서 그냥 지나쳤다.

모두들 넋이 나간 듯 말이 없었다. 자오 나리 부자는 집으로 돌아가 등잔불을 켤 때까지 머리를 맞대고 궁리를 했다. 자오바이옌도 집으로 돌아가 허리춤의 전대를 풀어 아내에게 맡기며 고리짝 밑에 잘 숨겨두라 했다.

아큐는 날아오를 것만 같은 산뜻한 기분으로 한바탕 휘돌고서, 사당으로 돌아가니 술기운도 벌써 말짱하게 가셨다. 이날 밤, 사당지기 영감도 유달리 친절하게 대하면서 차를 권하기도 했다. 아큐는 떡 두 개를 달라 해서 다 먹고, 또 네 냥짜리 초 한 자루와 촛대를 달라 해서 불을 밝힌 뒤 옹색한 자기 방에 홀로 누웠다. 뭐라 말할 수 없는 신선함과 흥겨움에 젖어, 정월 대보름 밤처럼 반짝이며 춤을 추는 촛불 아래서 그는 상상의 나래를 펴기 시작했다.

'반란? 그거 재밌군, ……흰 투구와 흰 갑옷을 입은 혁명당이 무리지어 오는데, 그들 모두는 칼을 차고 쇠채찍에 폭탄, 또 서양 총과 삼지 칼, 갈고리 창을 들었겠다. 그들은 사당으로 와서 '아큐, 같이 가자고, 같이!' 하기에 함께 나섰지…….

그때 웨이좡의 무지랭이 사내와 계집들은 참 볼만하겠지. 다들 무릎을 꿇으면서 '아큐, 목숨만 살려 주게!' 하겠지. 누가 들어주겠어? 제일 먼저 죽어야 할 놈은 샤오디와 자오 나리, 그리고 수재랑, 또 가짜 양놈, ……몇 놈은 남겨 둘까? 왕털보는 뭐 봐줄 만하지만, 그래도 안 되겠어…….

물건은 어쩐담, ……막 들이닥쳐 상자를 열어 보면 말발굽 은자와 은화, 옥양목 홑옷, ……수재 마누라의 닝보寧波식 침대는 우선 사당으로 옮겨 놔야지. 그것 말고도 첸 나리의 식탁과 의자도 옮겨야겠어, 뭐 자오 나리 것도 괜찮고. 이 몸이 몸소 움직이기보다는 샤오디를 시켜야겠다. 빨리 옮기라 하고, 느려터지면 귀싸대기를 날려 줘야지…….

자오쓰천의 누이는 참 못생겼어. 쩌우치댁의 딸내미는 어려서 몇 년쯤 기다려야 할 것 같고. 가짜 양놈의 마누라는 변발도 없는 놈과 잠을 잤으니 흥, 좋다고 할 수는 없지! 수재 마누라는 눈두덩에 흉터가 있었지…… 우마는 한동안 꼴도 못 봤으니, 어디 있는 줄 알 수가 있어야지, 그런데 발이 너무 큰 게 흠이야.'

아큐는 상상의 나래를 다 펼치기도 전에 벌써 코를 골았다. 네 냥짜리 초는 아직 반도 채 타지 않았는데, 붉게 너울거리는 불꽃은 그의 헤벌어진 입을 비추고 있었다.

"아, 아악!"

아큐가 갑자기 큰 소리를 지르며 일어났다. 고개를 들어 사방을 둘러보니, 네 냥짜리 초가 눈에 들어왔다. 아큐는 다시 고개를 처박고 잠이 들었다.

이튿날 그는 느지막하게 일어났다. 거리로 나가 보니 뭐 하나 달라진 게 없었다. 여전히 배가 고팠다. 이리저리 궁리를 해 봐도 좋은 수가 떠오르지 않는데, 문득 좋은 생각이 떠오른 듯하다. 천천히 어슬렁거리다 보니 자기도 모르게 정수암까지 왔다.

암자는 그때의 봄날처럼 고요했다. 흰 담벼락과 검은 칠을 한 대문도 여전했다. 잠시 생각을 하다, 걸음을 옮겨 문을 밀쳤다. 인에서는 개 한 마리가 짖어 댔다. 그는 서둘러 벽돌조각 몇 개를 집어 들고, 다시 한번 힘껏 문을 두드렸다. 검은 문에 흠집이 꽤나 생기고서야 누군가 나와 문을 여는 소리가 들렸다.

아큐는 재빨리 벽돌조각을 움켜쥐고 다리를 쩍 벌려 선 채 검둥이와 결전을 벌일 준비를 했다. 그런데 암자 문은 실오라기만큼 빠끔히 열렸고, 검둥이는 뛰쳐나오지도 않았다. 들여다보니 안에는 나이 든 비구니뿐이었다.

"뭔 일로 또 왔나?"

비구니가 깜짝 놀라 말했다.

"혁명이오, ……알고 있소……?"

아큐는 얼렁뚱땅 둘러댔다.

"혁명이라 혁명, 혁명은 벌써 끝났는데, ……니들이 어떻게 우리를 혁명 하겠다는 건데?"

나이 든 비구니의 두 눈에 핏대가 섰다.

"뭐라고……?"

아큐는 도대체 이해할 수 없었다.

"몰랐던 거야? 그들이 와서 벌써 혁명 했는데."

"누가……?"

아큐는 더더욱 아리송해졌다.

"그 수재랑 가짜 양놈!"

아큐는 너무도 의외의 상황에 그만 어안이 벙벙할 뿐이었다. 나이 든 비구니는 아큐의 기세가 한풀 꺾이는 걸 보고는 얼른 문을 닫아 버렸다. 아큐가 다시 밀쳐 보았지만 문은 꿈쩍도 하지 않았고, 두드려 본들 반응조차 없었다.

오전에 그 일이 일어났다. 수재는 소식통인지라, 혁명당이 밤새 성에 들어왔다는 소식을 접하고 곧장 변발을 정수리로 말아 올리고, 일찌감치 이제껏 친분도 없이 지내던 첸 나리의 가짜 양놈을 찾아갔다. 때는 바야흐로 '모든 것을 유신(咸與維新)'하는 시대인지라, 이 기회를 틈타 서로 의기투합하여 혁명의 동지가 되기로 약조한 것이다. 그들은 궁리하고 또 궁리한 끝에, 정수암에 있는 '황제 만세 만만세'라는 용패龍牌를 떠올렸다. 이건 마땅히 서둘러 혁명 해서 없애야 할 것이기에, 당장 정수암으로 달려가 혁명을 한 것이다. 나이 든 비구니가 가로 막아서며 몇 마디 하자, 그들은 비구니를 청나라의 만주 정부 사람으로 단정 짓고, 그의 머리에 지팡이와 주먹을 마구 휘둘렀다. 그들이 떠난 뒤 비구니가 겨우 정신을 차려 보니, 용패는 벌써 산산조각이 나 땅바닥에 뒹굴었고, 관음상 앞에 놓여 있던 명나라의 선덕宣德 향로도 사라져 버렸다.

그런 사실을 아큐는 나중에야 알게 되었다. 그는 자기가 늦게까지 잠들었던 걸 몹시 후회했다. 그런데 그들이 자기를 부르러 오지 않은 건 참으로 못마땅한 일이었다. 그는 또 한 걸음 물러나 생각했다.

'그놈들이 설마 내가 혁명당에 들어가기로 한 걸 여태 몰랐던 걸까?'

제8장
혁명 금지

웨이좡 사람들의 민심은 날로 안정되어 갔다. 들려오는 소식에 의하면, 혁명당이 성에 들어오긴 했지만 뭐 딱히 큰 변화는 일어나지 않았다고 한다. 지사 나리도 그대로이고, 그냥 관직 명칭만 달라졌다 한다. 거인 나리도 무슨 벼슬을 맡았다고 하는데, 그건 웨이좡 사람들이 말해도 잘 모르는 것이다. 또 군대 책임자도 예전의 대장 그대로라 한다. 다만 한 가지 무서운 사건은 그중에 불량한 혁명당 몇몇이 끼어서 난동을 부리고, 그 다음날부터 변발을 자르기 시작했다 한다. 들리는 소문에, 이웃마을 뱃사공인 치진七斤이 길을 가다 붙들려 사람 꼴이 아니게 되어 버렸다 한다. 하지만 이런 건 그다지 크게 두려울 일은 아닌 것 같다. 왜 그런가 하면 웨이좡 사람들이야 본래 성에 거의 들어가지 않는데다, 어쩌다 성에 들어가려 했다가도 얼른 계획을 변경하면 위험은 모면할 수 있기 때문이다. 아큐도 원래 성에 들어가 친구를 만날까 했는데, 이 소식을 듣자마자 그만둘 수밖에 없었다.

하지만 웨이좡도 개혁이 없다고는 말할 수 없다. 며칠 뒤, 변발을 틀어 올린 사람들이 점차 많아졌다. 앞서 말했듯이, 이 일을 가장 먼저 실천에 옮긴 사람은 당연히 수재 선생이고, 다음은 바로 자오쓰천과 자오바이옌이며, 그 다음이 아큐였다. 여름만 같아도 하나같이 변발을 정수리로 말아 올리거나 묶는 것이 그다지 별나 보이지는 않을 것이다. 하지만 지금은 늦가을로, '가을에 여름 삼베옷'을 걸친 형국이나 변발을 올린 자들 입장에서는 용단을 내린 것이니, 웨이좡도 개혁과 무관하다고는 할 수 없을 것이다.

변발을 말아 올려 뒤통수가 휑한 자오쓰천이 걸어오자, 그를 본 사람들이 큰 소리로 말했다.

"아이구, 혁명당 오셨네!"

아큐는 이 말이 몹시 부러웠다. 수재가 변발을 말아 올렸다는 놀라운 소식은 진즉 들어 알고 있었지만, 자기도 그렇게 할 수 있을지는 전혀 생각조차 해 보지 않았다. 그런데 지금 자오쓰천까지 그리 한 걸 보니, 그제야 따라 하고 싶은 생각에 실행에 옮기기로 결심을 굳혔다. 아큐는 대나무 젓가락 한쪽으로 변발을 정수리에 틀어 올리고, 한동안 주저하다 용기를 내어 밖으로 나갔다.

그가 거리로 나섰지만, 사람들은 그를 보고도 아무 말도 하지 않았다. 처음에 아큐는 몹시 불쾌했다가, 좀 지나자 불만스러워졌다. 요즘 들어 왜 이렇게 걸핏하면 화가 나는지 모르겠다. 사실 아큐의 생활은 반란 전보다 결코 나쁘지 않다. 사람들도 그를 보면 깍듯하게 대하고, 가게에서도 현금을 요구하지도 않았다. 그런데도 어쨌든 아큐 스스로 낙담이 되었다. 혁명까지 한 마당에 이래서는 안 되는 일이었다. 게다가 샤오디를 보고 나니 더더욱 화가 치밀었다.

샤오디도 변발을 정수리에 말아 올렸고, 뜻밖에 그놈도 대나무 젓가락을 사용했다. 아큐는 샤오디조차 감히 이렇게 하리라곤 전혀 상상도 하지 않았다. 샤오디가 이렇게 하도록 내버려 둘 수는 절대 없는 일 아닌가! 샤오디 네놈이 대체 뭐라고? 아큐는 당장에 샤오디를 거머쥐고 그놈의 대젓가락을 부러뜨려 놈의 변발을 풀어헤치고 싶은 맘이 굴뚝같았다. 거기다 놈의 뺨을 몇 대쯤 후려치면서 놈이 분수도 모르고 혁명당에 들어오려 한 죄를 벌하고 싶었다. 하지만 결국엔 용서하기로 했다. 그저 노려보면서 침을 한 번 퉤 하고 뱉었을 뿐이다!

요 며칠 사이, 성에 들어간 사람은 가짜 양놈뿐이었다. 자오 수재도 상자를 맡아 준 일로 친히 거인 나리를 방문할 생각이었으나, 변발을 잘릴 위험 때문에 그만두고 말았다. 대신 그는 정중하게 격식을 갖춰 편지 한 통을 써서 가짜 양놈이 성에 들어가는 김에 전달해 달라고 하면서, 자기도 신정부의 쯔여우당自由黨에 들어갈 수 있도록 주선해 달라고 부탁했다. 가짜 양놈이 돌아와 수재에게 은화 사 원을 요청했고, 수재는 그때부터 쯔여우당의 배지인 은복숭아를 옷깃에 달고 다녔다. 웨이좡 사람들 모두 놀라 감탄해마지 않았고, 이건 스여우당(역자 주: 柿油黨, 웨이좡 사람들은 뜻은 잘 모르고, 그저 '쯔여우당'과 발음이 비슷하여 '스여우당柿油黨'이라 부름) 훈장이라며, 이 정도면 한림원의 학자 수준이라고들 했다. 그런지라 자오 나리는 자기 아들이 처음 수재에 합격했을 때보다 훨씬 거드름을 피우며 안하무인격으로 행동했고, 아큐를 봐도 거들떠보지도 않았다.

아큐는 심기가 불편했고, 또 순간순간 자신이 초라하고 푸대접을 받는 것 같았다. 그러던 차에 은복숭아 배지 이야기를 듣고 나니, 자기가 형편없게 된 까닭을 알아차렸다. 혁명을 하려거든 말로만 해서는 안 되고, 변발만 올린다고 되는 게 아니다. 무엇보다도 혁명당원과 알고 지내야 했다. 자기 평생에 알고 있는 혁명당원은 딱 둘뿐이다. 하나는 성에서 일찌감치 '싹뚝' 목이 잘렸고, 이제 하나 남은 건 바로 가짜 양놈뿐이다. 서둘러 가짜 양놈과 상의를 하는 것 말고는 달리 방도가 없었다.

첸 나리댁 대문은 활짝 열려 있었다. 아큐는 조심스레 살금살금 들어갔다. 아큐는 안으로 들어서자마자 깜짝 놀랐다. 가짜 양놈이 떡하니 마당 한가운데 버티고 서 있는 게 눈에 들어왔다. 까만 옷을 걸쳤는데 대략 양복인 것 같았고, 거기에 은복숭아 배지를 달고 있었으며, 손에는 아큐를 후려쳤던 지팡이를 들고 있었다. 또 벌써 한 자 정도 자란 변발을 봉두난발한 유해(역자 주: 劉海, 종남산에서 도를 닦아 신선이 된 인물) 신선처럼 어깨까지 풀어헤쳐 늘어뜨리고 있었다. 맞은편에는 자오바이옌과 세 명의 건달이 바른 자세로 그의 말을 공손히 귀담아 듣고 있었다.

아큐는 살금살금 다가가 자오바이옌의 등 뒤에 섰다. 마음 같아선 아는 척 인사라도 건네고 싶었지만 정작 뭐라 해야 좋을지 알 수 없었다. 그놈을 가짜 양놈이라 불러서는 절대 안될 일이었고, 서양 사람, 아니면 혁명당이라 불러도 적절치 않고, 그냥 서양 선생이라 불러야 할 것 같다.

서양 선생은 아큐를 아직 보지 못했다. 눈을 희번덕거리며 힘주어 연설에 집중하고 있었기 때문이다.

"나는 성질이 급한 사람이라, 우리가 만나기만 하면 늘 이렇게 말했지. 홍洪형! 우리 시작합시다! 그런데 그 사람이 늘 이렇게 대꾸하는 거야. 'NO!'라고. 이건 서양 말이라 자네들은 무슨 말인지 모를 거야. 그렇지 않았으면 진즉에 성공했을 텐데. 하지만 이건 그 사람이 일을 신중하게 한다는 뜻이지. 그 양반이 나더러 몇 번이고 후베이湖北로 가라는데, 난 아직 그럴 생각이 없네. 누가 이렇게 작은 지역에서 일하고 싶겠나……."

"아, ……저기……"

아큐는 그의 말이 잠시 멈춘 틈을 타, 용기백배하여 입을 열었다. 하지만 무슨 까닭인지 결코 서양 선생이라고 부르지는 않았다.

연설을 경청하던 네 사람이 깜짝 놀라 그를 돌아보았다. 서양 선생도 그제야 아큐를 봤다.

"뭔데?"

"제가……"

"나가!"

"저도 들어가려고……"

"꺼지라고!"

서양 선생이 곡상봉을 휘둘렀다.

자오바이옌과 건달들도 거들며 소리쳤다.

"선생님이 꺼지라고 하잖아, 안 들려!"

아큐는 손으로 머리를 감싸면서 자기도 모르게 문밖으로 도망쳤다. 서양 선생은 그래도 쫓아오지는 않았다. 예순 걸음쯤 냅다 도망친 뒤에야 천천히 발걸음을 옮겼다. 슬프고 서러웠다. 서양 선생이 자기에게 혁명을 허락하지 않는다면 더는 방도가 없을 것이다. 그렇다면 흰 투구와 흰 갑옷을 입은 사람들이 자기를 부르러 오는 일도 생각할 수 없을 것이다. 자기가 품었던 모든 포부와 바람, 희망, 앞길이 죄다 사라져 버렸다. 건달 녀석들이 소문을 퍼뜨려 샤오디나 왕털보 같은 것들에게 웃음거리가 되는 것은 그래도 괜찮았다.

그가 이제껏 살아오면서 이렇게 무료하긴 난생 처음인 것 같다. 자기가 말아 올린 변발도 무의미한 것 같고, 모욕감이 들기도 했다. 복수하는 의미로 변발을 즉시 풀어 내리고도 싶었지만 결국엔 그리하지 못했다. 밤이 되도록 떠돌다가 술 두어 잔을 뱃속으로 들이켜니 그는 점점 기분이 좋아졌고, 흰 투구와 흰 갑옷을 입은 장면의 조각들이 또 떠오르기 시작했다.

어느 날, 평소처럼 밤늦게까지 쏘다니다 술집이 문을 닫을 시간이 돼서야 사당으로 돌아갔다.

"쿵, 탕탕!"

갑자기 이상한 소리가 들렸다. 분명 폭죽 소리는 아니었다. 아큐는 원래 구경거리를 좋아하고, 쓸데없는 일에 참견하길 좋아하기에, 얼른 어둠 속으로 소리를 찾아 나섰다. 앞쪽에서 발걸음 소리가 들리는 것 같은데, 귀를 기울이는 순간 어떤 사람이 불쑥 맞은편에서 도망쳐 왔다. 아큐는 그를 보고서 이내 몸을 돌려 함께 도망치기 시작했다. 그 사람이 모퉁이를 돌면 자기도 돌고, 모퉁이를 돌았다가 그 사람이 멈추면, 자기도 멈춰 섰다. 그가 뒤를 돌아보니 아무도 없었고, 그 사람은 알고 보니 바로 샤오디였다.

"뭐야?"

아큐는 언짢은 기분이 들었다.

"자오…… 자오 나리댁이 털렸네!"

샤오디가 숨 가쁘게 헐떡이며 말했다.

아큐의 심장이 쿵쾅거렸다. 샤오디는 이 말을 한 뒤 바로 가 버렸다. 아큐는 도망가다 멈추고 또 도망가다 멈추기를 두어 차례 반복했다. 하지만 그래도 과거에 '이런 장사'를 해 본 사람이라, 담대하게 길모퉁이를 기어 나와 귀를 기울여 들었다. 뭔가 왁자지껄한 소리가 들리는 것 같아 자세히 들여다봤다. 흰 투구와 흰 갑옷을 입은 적잖은 무리가 줄줄이 상자를 들어내고 가구를 들어냈고, 수재 부인의 닝보식 침상도 들어내는 것 같았다. 하지만 분명하게 잘 보이지 않아 앞으로 좀 나가고 싶었으나 두 발이 딱 붙어 움직일 수가 없었다.

이날 밤은 달도 뜨지 않았다. 웨이좡은 어둠에 잠겨 정적만 흘렀는데, 그 정적은 복희 시대처럼 태평스러웠다. 아큐는 선 채로 바라보며 조바심을 냈다. 아까처럼 그곳을 들락거리며 상자도 세간살이도 들어내고, 수재 부인의 닝보식 침상도 들어내는 것 같았다. ……자기 자신도 믿기지 않을 정도로 들어내 갔다. 하지만 아큐는 더는 앞으로 나가지 않기로 마음먹고, 사당으로 돌아와 버렸다.

사당은 칠흑처럼 더 어두웠다. 그는 대문을 꼭 닫고, 자기 방으로 더듬어 들어갔다. 한참을 누워 있다 겨우 정신이 들자, 자기에 대해 생각해 봤다. 흰 투구와 흰 갑옷을 입은 사람들이 확실히 왔는데, 자기를 부르러 오지 않았고, 그렇게 좋은 물건들을 들어내는데도 자기의 몫이 없다니. 이건 완전히 그 얄미운 가짜 양놈 때문이다. 그놈이 내가 반란하는 걸 허락하지 않았으니 말이다. 그렇지 않다면 이번에 내 몫이 왜 없단 말인가? 생각할수록 아큐는 화가 치밀었고, 더는 참을 수 없을 정도로 열이 치받쳐 거칠고 사납게 고개를 끄덕였다. "나는 반란하지 못하게 하면서, 저희들만 반란을 한다고? 빌어먹을 가짜 양놈 같으니라고, 좋아, 네놈이 반란을 한 거지! 반란은 목이 달아날 죄목이야. 내가 기필코 고발을 해서, 네놈이 성에 끌려가 목이 달아나는 걸 보고 말 거야. 그 집안 모두 목이 달아나고 말걸. 싹둑, 싹둑!"

제9장

대단원

자오 나리댁이 다 털린 후, 웨이좡 사람들은 잘되었다 싶어 기분이 좋으면서도 한편 두려웠다. 그건 아큐도 마찬가지였다. 그런데 나흘 뒤 아큐가 성으로 잡혀 갔다. 마침 어두운 한밤중에 병사 한 부대와 한 무리의 자위단, 그리고 경찰 한 소대와 다섯 명의 정탐꾼이 몰래 웨이좡으로 잠입했다. 그들은 어둠을 틈타 사당을 에워싸고, 대문을 마주하여 기관총을 정조준했다. 하지만 아큐는 뛰쳐나오지 않았다. 아무리 기다려도 인기척조차 없었다. 대장은 조급한 마음에 상금으로 이십 냥을 걸었고, 그제야 두 명의 자위단원이 위험을 무릅쓰고 담장을 넘어 들어갔다. 안팎으로 합세하여 한꺼번에 밀고 들어가 아큐를 사로잡아 나왔다. 사당 밖에 설치한 기관총 근처까지 끌려와서야 아큐는 정신이 들었다.

성으로 끌고 들어가니 벌써 정오였다. 아큐는 자기가 오래된 관청 문을 지나, 대여섯 개 모퉁이를 돈 뒤 작은 방에 감금되었음을 직감했다. 처박히면서 아큐는 비틀거렸고, 순간 통나무로 만든 목책 문이 발뒤꿈치에 걸리면서 철컥! 하고 닫혔다. 감방 안 나머지 삼면은 모두 벽으로, 자세히 보니 구석 쪽에 두 명이 더 있었다.

좀 불안하기는 했지만 그렇다고 그렇게 괴롭지는 않았다. 사실 자기가 살았던 사당의 침실이라 해 봤자 이곳보다 그다지 나을 것도 없었기 때문이다. 저쪽 구석의 두 사람도 시골 촌뜨기 같은데 시간이 지나자 차츰 그에게 말을 걸어왔다. 하나는 자기 할아버지가 거인 나리한테 빚진 소작료 독촉으로 들어와 있고, 또 하나는 뭔 일 때문인지 잘 모르겠다. 아큐에게 왜 들어왔느냐고 그 둘이 묻자, 아큐는 아주 시원하게 대답해 주었다.

"나는 반란을 하려고 했지."

오후가 되어 아큐는 목책 문을 나가 대청으로 끌려갔다. 위쪽에는 머리가 반질반질한 대머리 노인이 앉아 있었다. 아큐는 그 사람이 스님 아닌가 싶었는데, 아래로는 쭉 늘어선 병사들이 있고, 양쪽으론 장삼을 입은 사람들이 십여 명 서 있었다. 그들은 하나같이 머리를 박박 밀어 그 노인과 같은 모습을 하고 있었다. 어쩌다 한 자 정도 되는 머리를 가짜 양놈처럼 등 뒤로 늘어뜨린 사람도 눈에 띄는데, 죄다 험상궂은 얼굴로 자기를 노려보고 있었다. 아큐는 이 사람에게 필시 상당한 내력이 있으리라 짐작하게 되자, 무릎관절에서 힘이 빠지면서 자기도 모르게 바로 무릎을 꿇었다.

"서서 말하거라! 무릎 꿇지 말고!"

장삼을 입은 사람이 호령하듯 말했다.

알아들은 것 같기는 했지만 아큐는 도저히 서 있을 수가 없어 그만 자기도 모르게 움츠리며 무릎을 꿇고 말았다.

"저놈의 노예근성……!"

장삼을 입은 사람이 또 경멸에 찬 말투로 내뱉었으나, 일으켜 세우지는 않았다.

"고생하기 싫으면, 이실직고해라. 내 일찌감치 다 알고 있었다. 솔직히 불면 널 놓아 줄 것이야."

그 대머리 노인이 아큐의 얼굴을 주시하며 차분하고도 똑 부러지게 말했다.

"다 불으라고!"

장삼을 입은 사람이 또 큰 소리로 다그쳤다.

"저는 원래…… 가담하려고……."

아큐가 뒤죽박죽으로 한바탕 생각을 하는 듯하더니, 더듬더듬 말하기 시작했다.

"그런데 왜 가담하지 않았느냐?"

그 노인이 부드럽게 물었다.

"가짜 양놈이 못 들어오게 했습죠!"

"뭔 헛소리냐! 지금 말해 봐야 이미 늦었다. 지금 너희 패거리들은 다 어디 있느냐?"

"무슨……?"

"그날 밤 자오 나리댁을 털었던 놈들 말이야."

"그놈들이 절 부르지 않았어요. 자기들끼리 맘대로 들고 가 버렸다니까요."

아큐는 이 이야기에 또 분통이 치밀어 올랐다.

"어디로 갔단 말이냐? 사실대로만 불면 바로 널 놓아 줄 것이야."

그 노인은 아까보다 더 부드러워졌다.

"전 모릅죠, ……놈들이 나를 안 불렀다니까요……."

대머리 노인이 눈짓을 하자 아큐는 다시 목책 문 안으로 잡혀 들어갔다. 그가 목책 문 밖으로 나온 것은 그 다음 날 오전이었다.

대청의 모습은 어제와 별반 다르지 않았다. 위쪽에는 어제처럼 대머리 노인이 앉아 있었고, 아큐 역시 똑같이 꿇어앉아 있었다.

그 노인이 친절하게 물었다.

"뭐 할 말은 없느냐?"

아큐는 잠시 생각해 보았다. 별로 할 말이 없기에, 얼른 "없습니다."라고 답했다.

그러자 장삼을 입은 사람이 종이 한 장을 들고서, 붓 한 자루를 아큐 면전에 건네며 아큐 손에 그걸 쥐어주려 했다. 아큐는 너무도 놀라 거의 '혼비백산'할 지경이었다. 자기 손에 붓을 쥐어 본 게 난생 처음이었기 때문이다. 아큐는 붓을 어떻게 쥐어야 하는지 알지 못했다. 그러자 그 사람이 한 곳을 가리키며 그 자리에 사인을 하라고 했다.

"제가…… 제가…… 글을 모릅니다요."

아큐는 붓을 움켜쥔 채 당황스럽고 창피스러워 이렇게 말했다.

"그러면, 너 편할 대로 동그라미를 하나 그려 봐라!"

아큐는 동그라미를 그리려고 했다. 하지만 붓을 쥔 손은 그저 덜덜 떨릴 뿐이었다. 그러자 그 사람이 땅바닥에 종이를 한 장 깔아 주었고, 아큐는 엎드려 온 힘을 다해 동그라미를 그렸다. 행여 남들에게 웃음거리가 될까 봐 최대한 둥글게 그리려고 애를 썼지만, 그놈의 얄미운 붓은 무겁기도 하고 말도 듣지 않았다. 아큐는 이번에도 덜덜 떨면서 겨우 동그라미를 완성하려는데, 그만 밖으로 쑥 삐져나와 호박씨 모양이 되고 말았다.

아큐는 정작 둥글게 원을 그리지 못해 수치스러워했지만, 그 사람은 전혀 개의치 않고서 서둘러 종이와 붓을 거둬 가 버렸다. 여러 명이 또 달려들어 아큐를 목책 문에 두 번째로 가뒀다.

두 번째로 목책 문에 가둬지고 보니, 아큐는 그다지 걱정도 되지 않았다. 인생지사 천지간에 살다보면 붙잡혀 들어갈 때도 있고 풀려 나올 때도 있으며, 때로는 종이에 동그라미를 그릴 일도 있을 것이다. 다만 동그라미를 둥글게 그리지 못한 것만이 자신의 '행장行狀'에 흠이 될 것이었다. 하지만 이것도 얼마 안 가 괜찮아졌다. 자기 생각에 동그라미 같은 것은 손자 정도나 잘 그리면

될 일이라 생각했기 때문이다. 그렇게 생각하니 잠도 잘 왔다.

그런데 그날 밤, 거인 나리는 되레 잠을 이룰 수 없었다. 거인 나리는 대장과 의견충돌로 언짢아했다. 거인 나리는 장물을 찾는 것이 급선무라 했고, 대장은 무엇보다도 사람들 앞에서 본때를 보여 주는 것이 우선이라고 했다. 요즘 들어 대장은 거인 나리를 안중에도 두지 않았고, 책걸상을 치고 두드리면서 이렇게 말했다.

"일벌백계해야 합니다! 보십시오, 내가 혁명당이 된 지 이십일도 채 안 되었는데, 약탈 사건만 십여 건으로, 하나도 해결된 게 없습니다. 그러니 내 체면이 뭐가 되겠소? 겨우 사건 하나 해결했더니, 또 당신은 엉뚱한 소리나 하고 있잖소. 안 됩니다! 이건 내 소관이란 말이오!"

거인 나리는 난감하기 짝이 없었으나, 그래도 뜻을 굽히지 않고, 만약 장물을 먼저 수사하지 않는다면 자기도 당장에 민정협력관 직책을 내려놓겠다고 했다. 그러자 대장이 말했다.

"그럼 그러시던가요."

이런 사연으로 거인 나리는 이날 밤 한숨도 잠들지 못한 것이다. 하지만, 다행인 것인지 이튿날에도 거인 나리는 사임하지 않았다.

아큐가 세 번째로 목책 감방 문에서 끌려나오던 때가 바로 거인 나리가 밤새 잠을 못잔 다음 날 오전이었다. 그가 대청으로 들어서니 위쪽에는 여전히 대머리 노인이 앉아 있었다. 아큐도 전처럼 무릎을 꿇었다.

노인이 아주 친절하게 물었다.

“뭐 할 말 있느냐?”

아큐는 잠시 생각하다 할 말이 별로 없는지라, “없습니다.”라고 답했다.

긴 옷과 짧은 옷을 입은 사람 여럿이 아큐에게 갑자기 흰색 바탕에 검은색 글자가 쓰인 광목 조끼를 입혔다. 아큐는 기분이 좋지 않았다. 이건 흡사 상복 같았고, 상복은 재수 없는 것 아닌가. 그 순간 아큐의 두 손도 뒤로 결박되어 관청 문 밖으로 끌려 나갔다.

아큐는 덮개가 없는 수레에 태워졌고, 짧은 옷을 입은 사람 몇이 아큐와 함께 올라탔다. 수레는 바로 출발했다. 앞쪽에는 총을 멘 군인과 자위단원이 있었고, 양쪽으론 입을 헤 벌린 구경꾼들이 수도 없이 많았으며, 뒤쪽이 어떤지는 보이지 않았다. 아큐는 순간 직감적으로 뭔가를 느꼈다. ‘이거 목을 치러 가는 것 아닌가?’ 다급한 마음에 눈앞이 깜깜해지고, 귓속은 웽 하고 울어댔으며, 마치 정신줄이 나간 사람 같았다. 하지만 그렇다고 정신줄을 완전히 놓은 것은 아니었고, 뭔가 다급하면서도 태연했다. 생각건대, 인생살이 천지간에 뭐 때론 목이 날아갈 수도 있는 것 아닐까.

그는 길을 잘 알고 있었다. 그런데 좀 이상하게도, 형장으로 왜 바로 가지 않는 걸까? 그는 이것이 본보기로 보여 주기 위해 조리돌림으로 끌려 다니는 중인 것을 미처 몰랐다. 설령 알았다고 해도 마찬가지였을 것이다. 그는 인생살이 천지간에 뭐 때론 본보기로 보여 주기 위해 조리돌림으로 끌려 다닐 때도 있는 것이라 생각했을 것이기 때문이다.

그에게 깨달음이 왔다. 이건 형장으로 에돌아가는 길이며, 이건 반드시 '싹둑' 목이 잘리는 것임을. 그는 머릿속이 하얘져 주변을 두리번거렸다. 모두들 개미떼처럼 뒤를 따르는데, 불현듯 길가에 서 있던 인파 가운데 우마가 눈에 띄었다. 참으로 오랜만이다. 우마가 성에서 일을 하고 있었구나. 아큐는 문득 풀이 꺾인 자신이 부끄럽고 수치스러웠다. 기백 있게 몇 마디 노래도 못 하다니. 생각이 소용돌이처럼 머릿속을 한 바퀴 휘돌았다. 〈과부가 산소에 가네〉는 당당함이 부족하고, 〈용호상박〉 가운데 "후회해도 소용없네……" 역시 너무 지루하다. 아무래도 "쇠채찍으로 너를 후려치리라"가 딱 좋다. 손을 쳐들려고 하다 보니 그제야 두 손이 꽁꽁 묶여 있음을 깨달았다. 결국 "쇠채찍……"도 부를 수 없었다.

"이십 년이 지난 뒤 다시 한번 한 사람……."

아큐는 황망한 가운데 이제껏 말해 본 적 없는 노랫가락을 '스스로 통달한' 듯 뽑아냈다.

"좋다!!!"

인파 속에서 이리의 울음소리 같은 소리가 터져 나왔다.

수레는 쉼 없이 앞으로 나아가고, 아큐는 갈채 소리 속에서 두 눈을 두리번거리며 우마를 찾았다. 하지만 그녀는 아큐를 전혀 알아보지 못했고, 그저 넋을 잃고서 군인들이 멘 총을 바라보고 있었다.

아큐는 다시 갈채를 보내는 군중들을 바라보았다.

그 순간 다시 한번 머릿속을 스치는 생각이 회오리바람처럼 휘 일었다. 사 년 전, 산기슭에서 굶주린 이리 한 마리를 맞닥뜨린 적이 있었다. 그놈은 한없이 일정한 거리를 두고 그를 따라오면서 아큐의 고기를 먹을 작정이었다. 그땐 거의 놀라 죽을 지경이었다. 다행히 손에 도끼 한 자루를 들고 있어 용기백배하여 웨이좡까지 돌아올 수 있었다. 하지만 그 이리의 눈초리는 영원히 기억될 것이다. 두 개의 도깨비불처럼 번쩍번쩍한 것이 섬뜩하고도 무섭게 자기의 살을 꿰뚫을 것만 같았다. 그런데 이번에 아큐는 생전에 보지 못한 정말 무서운 눈길을 다시 보게 된 것이다. 무디면서도 예리하게 날카로워, 자기 말을 다 씹어 먹어치우고, 또 자기의 피부와 살 외의 것도 씹어 삼키려고 일정한 거리를 두고 영원히 뒤따르는 그 눈길을.

그 눈초리들이 한데 모아지는가 싶더니, 벌써 그의 영혼을 물어뜯고 있다.

"사람 살려……."

하지만 아큐는 소리 내지 않았다. 벌써부터 그의 두 눈은 캄캄해지고, 귓속은 윙윙거리며, 온몸은 먼지처럼 산산이 부서지는 것 같았다.

그 일의 영향으로, 가장 손해를 입은 사람은 거인 나리다. 그는 결국 장물도 되찾지 못했고, 온 집안이 울고불고 야단법석이었다. 그 다음은 자오 나리댁이다. 수재가 성에 고소하러 갔다가 불량한 혁명당 손에 변발을 잘렸고, 또 스무 냥의 포상금까지 날리는 바람에 온 집안이 울고불고 야단법석이었다. 이날 이후, 그들은 점점 멸망한 왕조의 후손 신세로 전락하고 말았다.

사람들 여론에 따르면, 웨이좡에선 이견이 없었다. 당연히 모두들 아큐가 잘못했다 했고, 총살당한 것이 바로 그의 나쁨을 증명하는 것이라 했다. 나쁘지 않다면 무엇 때문에 그가 총살을 당했겠는가? 하지만 성안의 여론은 사뭇 좋지 않았고, 그들 대부분은 만족스러워하지 않았다. 총살은 목을 치는 것보다 구경거리가 못 된다고들 생각한 것이다. 거기다 그는 얼마나 웃기는 사형수인가, 그렇게 오랫동안 거리를 끌려 다니면서도 노래 한마디도 못했으니, 사람들은 괜히 헛걸음만 했다고 했다.

1921년

축복

가장 세모歲暮다운 건 누가 뭐라 해도 역시 음력 세모다. 시골과 읍내는 말할 것도 없고 하늘에도 새로운 한 해를 알리는 기상氣象이 선명하다. 회색빛으로 낮게 드리운 무거운 저녁 구름 사이로 간간이 섬광이 번뜩이고 뒤이어 무겁고 둔탁한 소리가 울려 퍼지는데 그것은 부뚜막 신을 보내는 폭죽 소리다. 가까이서 터뜨리게 되면 귀청을 울리는 소리가 더욱 강렬한지라 자취를 감추기도 전에 벌써 미세한 화약 냄새가 대기를 가득 메운다. 나는 바로 이날 밤 내 고향 루전魯鎭으로 돌아왔다. 고향이라 해 봤자 예전에 살았던 집은 진즉에 없어져 버렸기에 루쓰 나으리魯四老爺*의 집에서 며칠간 묵을 수밖에 없었다. 그는 내 친척인데다 나보다 항렬이 하나 높아서 '넷째 아저씨(四叔)'라고 불러야 했는데, 그는 당시 성리학性理學을 가르치던

* 루(魯)씨 집안의 웃어른 가운데 나이순으로 위에서 네 번째인 사람을 가리키는 존칭임.

옛 국자감생國子監生*이었다. 그는 전에 비해 조금 나이 들어 보이는 것 말고는 크게 달라진 게 없었다. 그는 전처럼 수염은 기르지 않았고, 인사를 나눈 뒤 "살이 좀 쪘네."라고 인사말을 건넨 뒤 신당新黨** 욕을 해 대기 시작했다. 물론 이건 나를 빗대어 욕하는 것은 아니라는 사실을 잘 알고 있었다. 그가 욕하는 것은 두말 할 필요도 없이 바로 캉유웨이康有爲이기 때문이다. 하지만 오가는 대화가 소통도 안 되는지라 몇 마디 이야기를 나눈 뒤 나는 서재에 혼자 남게 되었다.

다음 날 잠자리에서 아주 느지막하게 일어났다. 점심을 먹고서 친척들과 친구들 몇을 만나볼 생각으로 집을 나섰다. 그 다음 날도 마찬가지였다. 그들이라고 뭐 크게 달라진 것은 없었고, 역시나 좀 늙었을 뿐이었다. 너나 나나 할 것 없이 모두들 분주하게 '축복祝福'***을 준비하고 있었다. 이것은 섣달그믐에 루전에서 치르는 큰 행사로 정성과 예의를 다해 복신福神을 맞아들이고 새롭게 다가오는 새해 일 년의 행운을 기원하는 것이다. 닭도 잡

---

* 국자감은 원래 봉건시대 중앙의 최고학부로, 청대 건륭(乾隆) 이후로는 국자감에서 수학하지 않아도 많은 재산을 기부하면 '감생'이란 이름을 얻을 수 있었다. 감생은 국자감 생원의 준말임.

** 청 말에 유신을 주장하거나 그런 경향을 가진 사람을 가리키는 말. 또 신해혁명을 전후하여 혁명당인이나 혁명을 지지하는 사람들을 '신당'이라고 함.

*** 옛날 강남 일대에서 치러진 섣달그믐의 풍속으로, 청대 범인(范寅)의 『월언』(越諺) 「풍속」(風俗)에서 "섣달그믐을 맞아 한 해의 평안에 감사하고, 신과 조상에 감사하는 것을 축복이라 한다."라고 했다.

고, 거위도 잡았으며, 돼지고기는 사서 정갈하게 씻었다. 이런 준비로 루전 아낙들의 팔은 찬물에 불어터져 온통 벌겋게 되곤 했다. 간혹 은으로 만든 팔찌를 차고 있는 아낙도 있었다. 고기는 완전히 푹 삶은 뒤 젓가락을 사방팔방에 꽂아 놓는데, 이것을 일컬어 '복례福禮'라고 한다. 새벽 네 시경 준비한 것들을 상에 올린 뒤 촛불과 향불을 피워 놓고 공손하게 복신들을 모셔서 흠향하시도록 한다. 절은 남자들만 하는 것이었고, 남자들의 절하기가 끝나면 늘 그래왔듯이 폭죽을 터뜨린다.

매년 누구네 집이건 다들 이렇게 했다—복례와 폭죽 등을 사올 수만 있다면 올해도 당연히 이렇게 할 것이다. 하늘이 한층 어둑어둑해지더니 오후녘부턴 눈발이 날리기 시작했다. 큰 눈송이는 마치 매화꽃만 한데 그 매화 눈송이들이 하늘 가득 춤을 추듯 흩날렸고 거기에 뿌연 연기와 분주한 분위기까지 한데 뒤섞이다 보니 루전은 정말이지 북새통 그 자체였다. 넷째 아저씨네 서재로 내가 다시 돌아왔을 때 지붕 위는 벌써 새하얀 눈으로 온통 뒤덮였고, 그것이 방 안을 훤하게 비추니 벽에 걸린 신선 진단陳摶* 노인이 쓴 붉은색 탁본의 커다란 '수壽' 자가 선명하고 또렷하게 보였다. 대련의 한쪽은 떨어져 나가 기다란 탁자 위에 말린 채 놓여 있

* 『송사』(宋史) 「은일열전」(隱逸列傳)에 의하면, 진단은 오대(五代) 때 사람으로 과거에 급제하지 못해 무당산(武當山)과 화산(華山)에 은거하면서 도를 닦았다. 후세 사람들은 그를 신선으로 간주함.

었고, 나머지 한쪽 대련의 "사리에 통달하면 마음이 편안하다"라는 문구는 아직 벽에 걸려 있었다. 나는 또 무료한 마음에 창 아래쪽 책상머리로 다가가 그 위에 쌓아 놓은 책을 뒤적거렸다. 완본은 아닌 듯싶은 『강희자전』 책 더미와 『근사록집주』, 『사서친』 등 한 권씩이 있었다. 여하튼 나는 내일이면 떠날 생각이다.

더군다나 어제 만났던 샹린댁(祥林嫂)의 일을 떠올리자 마음이 불편해 가만히 있을 수가 없었다. 바로 어제 오후에 일어난 일이다. 마을 동쪽에 사는 한 친구를 만나고 돌아오는 길이었다. 강가를 지나다 우연히 그녀를 만났는데, 눈을 크게 부릅뜨고 다가오기에 그녀가 나를 향해 온다는 사실을 직감할 수 있었다. 이번의 고향 방문에서 마주친 사람들 가운데 그녀의 변화가 가장 크게 느껴졌다. 오년 전 희끗희끗했던 그녀의 머리카락은 이젠 완전히 백발로 변해 마흔 남짓의 사람으로는 전혀 보이지 않았다. 누렇게 뜬데다 삐쩍 여윈 핏기 없는 얼굴엔 전에 보이던 슬픈 표정마저 흔적도 없이 사라진 게 마치 뻣뻣한 나무토막 같았다. 이따금 움직이는 그녀의 눈동자만이 샹린댁이 살아 있는 존재라는 걸 알려주고 있었다. 그녀의 한 손에는 대바구니가 들려 있었는데, 그 안에는 깨져 조각난 빈 그릇 하나가 담겨 있었다. 또 다른 한 손에는 자기 키보다 더 큰 대나무 막대기가 쥐어져 있었고, 그 막대기 아래쪽은 갈라져 있었다. 그녀는 영락없는 거지꼴이었다.

그녀가 다가와 구걸을 할 줄 알고 나는 잠시 걸음을 멈춰 섰다.

"돌아오셨군요?"

그녀가 먼저 이렇게 말을 건네 왔다.

"네."

"마침 잘됐네요. 선생님은 글도 아시고 바깥세상도 두루 보신 양반이니 아는 것도 많으시겠지요. 한 가지 물어볼 게 있어서요……."

생기라곤 찾아볼 수 없던 그녀의 눈에서 갑자기 빛이 났다.

그녀가 이런 말을 꺼내리라곤 생각도 못했던 터라 이상하다 생각하며 그 자리에 그냥 서 있었다.

"사실은…… "

두어 걸음 내 쪽으로 다가선 그녀가 마치 비밀 이야기라도 꺼내듯 나지막이 무겁고도 절실하게 물었다.

"사람이 죽고 나면 영혼이란 게 있는 건가요, 없는 건가요?"

순간 온몸이 오싹해졌다. 샹린댁의 눈이 나를 주시하며 꿰뚫어 보자 마치 등이 가시에 찔린 것만 같았다. 마치 학교에서 예고도 해 주지 않고 기습적으로 시험을 보는데 마침 선생님이 자기 옆에 바로 서 있는 것보다 더 당황스럽게 느껴졌다. 영혼의 존재에 대해서는 나 자신도 전혀 생각조차 해 보지 않은 거였다. 그러니 이 상황에서 그녀에게 과연 어떻게 대답해야 좋은 것일까? 나는 순간 머뭇거리며 이런저런 생각을 해 보았다. 이 마을 사람들은 원래부터 귀신의 존재를 믿어 왔다. 그런데 그녀는 지금 의심을 하고 있잖은가. 아니 무언가를 바라고 있는 건 아닐까. 영혼이 있기를 바라든가, 아니면 없기를 바라든가……. 인생의 종착역이 가까이 보이는 사람에게 굳이 괴로움을 더해 줄 필요는 없는 거겠지. 그녀를 생각해서라면 차라리 영혼이 있다고 해 주는 편이 나을지도 모르겠다.

"아마도 있을 겁니다. 제 생각으론." 하면서 나는 얼렁뚱땅 둘러댔다.

"그렇다면, 지옥도 있는 거예요?"

"아! 지옥은?"

화들짝 놀란 나는 우물쭈물 대답했다.

"지옥은? 이치로 따진다면 물론 있어야겠지요. 하지만 반드시 있다고는 장담할 순 없고요, ……아무도 지옥을 봐 본 적이 없으니까요……."

"그럼 이미 망자가 된 집안 식구도 만날 수 있을까요?"

"글쎄요, 만날 수 있을는지 없을는지……?"

이 순간 나는 내 자신이 완전히 바보 같다는 생각이 들었다. 잠시 망설여도 보고 이러저런 궁리도 해 보았지만, 이 세 가지 물음을 당해 낼 재간이 없었다. 문득 겁이 나면서 방금 전에 내뱉었던 말들을 뒤집어엎고 싶었다.

"그런 건…… 사실 말이죠, 저도 잘 모르겠네요……. 영혼이 있는 건지 없는 것인지 사실 나도 정확히 모르겠다고요."

그녀의 다그치는 듯한 질문이 잠시 쉬어 가는 틈을 이용해 잽싸게 성큼성큼 샹린댁 옆을 지나쳐 넷째 아저씨의 집으로 총총히 돌아와 버렸다. 그런데 마음은 왜 이렇게 불안한 것인지. 내가 해 준 답변으로 그녀에게 어떤 위험이 닥치지 않을까 은근 걱정이 되었다. 온 마을 사람들의 신경이 온통 축복에 쏠려 있는 이때에 그녀는 오히려 자신의 적막감을 절실히 느꼈으리라. 그런데 뭐 다른 생각을 하고 있는 것은 아닐까? 어쩌면 어떤 예감 같은 것이라도? 다른 뜻이 있는 것이라면, 그리고 그것 때문에 뭔가 일이 발생한다면 나의 답변에 대해 정말이지 약간의 책임이라도 져야 하는 건 아닐까……. 하지만 금세 스스로가 우습게 여겨졌다. 생각건대 우연한 일이라면 본시 무슨 깊은 뜻은 없을 거였다. 하나하나 꼼꼼하게 되짚어 보는 것이 바로 교육가들이 말하는 신경병 증상이라고 해도 결코 과언이 아닐 것이다. 거기다 "정확히 잘 모른다."고 확실하게 말해 내 대답을 다시 부정했으니 무슨 일이 일어난다 해도 나와는 도무지 상관없는 일이리라.

"정확히 잘 모른다."는 한마디 말은 아주 유용하다. 세상사 경험이 부족한 용감한 청년은 이따금 남을 위해 시원스레 의문을 풀어 주려고도 하고 아픈 사람에게는 의사를 모셔다 주기도 한다. 그렇지만 그 결과가 좋지 않다면 되레 원망을 사기도 한다. 반면에 그냥 잘 모른다는 한마디로 마무리 지으면 매사에 문제될 일이 하나도 없다. 나는 이때야 이 말의 필요성을 절실하게 절감했다. 설령 구걸하는 여자와의 대화라 할지라도 절대로 생략해서는 안 될 일이었다.

그런데도 불안감은 사라지지 않았다. 하룻밤이 지나도 무슨 불길한 예감이 도사리고 있는 것인지 계속해서 그 생각은 떠나지 않았다. 눈이 내리는 음울한 날씨에 무료하게 서재에 틀어박혀 있노라니 불안한 마음이 한층 심해졌다. 이럴 바에는 차라리 떠나야겠다는 생각이 들었다. 내일 성城으로 들어가야겠다. 예전에 푸싱러우福興樓에서는 상어 지느러미탕 한 그릇에 일 위안元이었던가. 값도 싼데다 맛도 좋았는데, 지금은 가격이 얼마나 더 올랐을까? 옛날에 더불어 놀던 친구들은 이젠 여기저기로 제 갈 길을 찾아 떠나갔지만, 상어 지느러미만은 꼭 먹어 보지 않을 수 없다. 나 혼자서라도……. 어쨌든 내일이면 떠나가기로 맘을 먹었다.

언제든 그렇게 되지 않기를 간절히 바라거나, 그렇게 되지는 않겠지 하고 예감했던 일들이 때마다 그렇게 되어지고 마는 것을 노상 지켜 봐 온 나로서는 이번 일도 그렇게 되지 않을까 하는 걱정이 앞섰다. 아니나 다를까 생각 밖의 의외의 일이 터지고 말았다. 저녁 무렵 사람들이 안방에 모여 나누는 이야기를 들어 보니, 뭔가를 의논하고 있는 것 같았다. 얼마 지난 뒤 방에서의 말소리가 끊기고, 넷째 아저씨만 방에서 걸어 나오면서 크게 말했다.

"허, 하필이면 이런 때라니! ……거 참으로 못되먹은 종자 같으니라고!"

처음에는 이 말에 좀 이상한 생각이 들었다. 뒤이어 몹시 불안한 느낌이 엄습하면서 이 말이 나와 뭔가 관계가 있는 것만 같았다. 밖을 내다보았지만 아무도 얼씬거리지 않았다. 저녁 먹기 전에 이 집의 날품팔이 심부름꾼이 차를 끓이러 와서야, 겨우 소식을 알아볼 수 있었다.

"방금, 넷째 나리는 대체 누구한테 저리 화가 난 거요?"라고 물어보았다.

"샹린댁 아니고 누구겠습니까?"

그 날품팔이꾼이 짤막하게 대답했다.

"샹린댁이? 무슨 일이 생겼소?"

나는 급한 마음에 서둘러 물었다.

"죽었다네요."

"죽었다구요?"

그 말에 갑자기 심장이 쪼그라들더니 쿵쾅쿵쾅 뛰는 것 같았고 안색도 달라졌다. 그래도 그 날품팔이꾼은 계속 고개를 안 드는 통에 전혀 알아채지는 못했다. 겨우 마음을 진정시키고 내가 또 물었다.

"언제 죽었답니까?"

"언제냐구요? 아마 어젯밤인가 아니면 오늘 새벽일 겁니다. 나도 정확히는 모르겠구요."

"왜 죽었답니까?"

"왜 죽었냐구요? 뭐 그야 먹고 살기 힘들어 죽은 것 아니겠소?"

그는 대수롭지 않게 대답하더니 여전히 나를 쳐다보지도 않고 나가 버렸다.

그렇지만 내가 놀란 것은 잠시잠깐일 뿐이었다. 오고야 말 일이 왔다가 금세 사라져 버렸다는 생각이 들었다. 억지로라도 나의 "정확히 잘 모르겠다."라는 말과 날품팔이꾼의 "살기 힘들어 죽었다."는 말에 위로를 삼을 것도 없이 내 마음은 어느새 점점 가벼워졌다. 물론 어쩌다 마음이 문득 무거워질 때도 있기는 했다. 저녁상이 차려졌고, 넷째 아저씨와 나는 엄숙하게 상을 마주했다. 나는 샹린댁 일에 대해 몹시 묻고 싶었다. 하지만 그가 '귀신은 음양의 두 기운에 능하다'를 읽고 있으면서도 금기로 여기는 것이 참으로 많았고, 곧 축복이 다가오는지라 죽음이라든가 질병이라든가 하는 말을 절대로 입에 올려서는 안된다는 사실을 알고 있었다. 어쩔 수 없이 써야만 하는 경우라면 이를 대신할 은어隱語를 사용해야 하는데 아쉽게도 나는 그런 은어들을 알지 못했다. 그런지라 몇 번인가 물어볼까 싶기도 했으나 결국엔 입에 올리지도 못하고 말았다. 나는 그의 엄숙한 얼굴에서 문득 공교롭게도 바로 이 순간 내가 그를 성가시게 하고 있으니 이 또한 나쁜 종자라고 생각하지 않을까 싶었다. 그런지라 얼른 그를 안심시켜야겠다 싶어 내일 루전을 떠나 성으로 들어갈 거라고 알려 주었다. 그도 억지로 만류하거나 하진 않았다. 이렇게 무겁고 답답한 분위기 속에서 저녁 식사가 끝났다.

겨울 해는 짧은데 눈까지 내리니 일찌감치 밤기운이 온 마을을 뒤덮었다. 사람들은 저마다 등불 아래서 바쁘게들 손을 놀리고 있었지만 창밖은 적막하기 그지없었다. 두텁게 쌓인 눈 더미 위로 소복소복 떨어지는 눈송이들이 귀 기울여 들어 보면 마치 사락사락 소리를 낼 것만 같아, 사람의 마음을 더욱 무겁고 쓸쓸하게 만들었다. 나는 노란빛을 내는 기름등불 앞에 홀로 앉아 의지할 데 없이 외로웠을 샹린댁을 떠올렸다. 사람들에게 쓰레기처럼 내던져진 그녀, 싫증나고 낡아빠진 노리개 같은 존재였던 그녀가, 그래도 전에는 제 한 몸을 쓰레기 더미 속에서 내보이고 있었으니 재미나게 살아가는 사람들이 볼 때는 그녀가 뭣 때문에 아직도 살아보려고 버둥거리는지 이상하게 여겨졌을 것이다. 하지만 이젠 무상無常에 의해 아주 흔적도 없이 쓸려가 버렸다. 영혼이 있는 것인지 아닌지는 나도 잘 모르겠다. 하지만 이 세상에서 살아 봤자 무료하기 짝이 없던 자가 죽는다는 것은 보기 싫어하던 자에겐 자연스레 보이지 않게 되는 것이니 너 나 할 것 없이 그건 다행스런 일일 것이다. 창밖으로 사각사각 내리는 눈 소리를 조용히 들어 가며 이런 생각에 잠기다 보니, 오히려 마음이 한결 가뿐해졌다.

그제야 전에 내가 보고 들었던 그녀의 반평생 인생의 조각들이 하나로 연결되어 맞춰졌다.

그녀는 루전 출신이 아니었다. 어느 해던가 초겨울에 넷째 아저씨네 집에서 하녀를 바꾸려는데 그때 중개 일을 맡던 웨이衛 할멈이 그녀를 데리고 들어왔다. 흰 끈으로 머리를 동여매고 검정 치마에 남색 겹저고리를 입었고 그 위에는 옅은 노란색 조끼를 걸쳐 입고 있었다. 나이는 대략 스물예닐곱쯤 되어 보였고, 안색은 푸르죽죽했으나 그래도 양쪽 볼은 불그레했다. 웨이 할멈은 그녀를 샹린댁이라고 불렀다. 자기 친정집 근처에 살던 여자로 청상과부가 되어 일하러 나왔다면서. 넷째 아저씨는 이 말에 미간을 찌푸렸다. 넷째 아주머니는 샹린댁이 과부라는 사실을 남편이 내키지 않아 하는 걸 알아차렸다. 하지만 그녀의 모습이 아주 단정한데다 손발도 큼지막하고 튼튼했으며, 또 순종하는 듯 말 한마디도 하지 않은 채 점잖아 보이는 것이 분수에 맞고 참을성 있는 사람 같았다. 그런지라 넷째 아저씨가 미간을 찌푸리며 못마땅해 했어도 내친 김에 그녀를 고용하기로 했다. 며칠 시험 삼아 일하는 것을 살펴보는 동안에도 그녀는 쉬는 게 무료하기나 한 듯 그저 하루 종일 일만 했다. 게다가 힘도 장사여서 웬만한 장정 한 사람 몫의 일을 거뜬히 해냈다. 그래서 사흘째 되는 날 정식으로 고용하기로 하고 매달 오백 문文의 급료를 월급으로 주기로 했다.

마을 사람들 모두 그녀를 샹린댁이라고 불렀지만 아무도 그녀의 성을 물어 보는 사람은 없었다. 그런데 샹린댁을 소개한 사람이 웨이자산衛家山 사람인데다 서로 이웃지간이라 했으니 아마도 웨이衛씨일 거라고들 짐작했다. 그녀는 수다 떠는 걸 그다지 즐겨하지 않았다. 다른 사람들이 물어야 겨우 대답만 할 정도였고 대답도 그리 길지 않게 할 말만 했다. 십여 일쯤 지나서야 비로소 사람들은 그녀의 이력을 조금씩 알게 되었다. 그녀의 집에는 사나운 시어머니가 있고, 또 땔나무나 겨우 할 수 있는 십여 세 정도 된 나이 어린 시동생이 하나 있다는 사실을. 그리고 그녀의 남편은 올봄에 세상을 떴는데, 그녀보다 열 살이나 어린 사람으로 원래 나무꾼 일을 하고 살았다 한다. 사람들이 알게 된 사실은 이게 다였다.

세월은 빨리도 흘러갔다. 그동안 내내 그녀는 일을 결코 게을리 하거나 하지 않았고, 뭐든 가리지 않고 먹었으며, 무슨 일이든지 닥치는 대로 몸을 사리지 않았다. 사람들은 너도나도 루魯씨 넷째 나리 집에서 일하는 하녀가 남자보다 일도 더 잘한다고들 입을 모았다. 연말이 다가오면 혼자 청소를 하고 마당을 쓸었고, 닭과 거위를 잡아 이걸 밤새 삶았으며, 밤을 지새우며 복례福禮 음식 장만을 도맡아 하니 달리 날품팔이꾼을 고용할 필요조차 없었다. 그런데도 샹린댁은 되레 늘 즐거웠고, 입가에는 차츰 웃음기가 돌면서 안색도 뽀얗게 살이 올랐다.

설이 지나고 얼마 안 되었을 때였다. 강가에 가서 쌀을 씻고 돌아온 그녀의 안색에 갑자기 심상찮은 기운이 감돌았다. 좀 전에 강가 저쪽 맞은편에서 웬 남자 한 명이 어슬렁거리는데, 아마도 시댁의 큰아버지 같았고 자기를 찾아온 것임에 틀림없다고 말했다. 넷째 아주머니가 화들짝 놀라 사연을 자세히 물어 보았지만 그녀 역시 속 시원히 말해 주진 않았다. 넷째 아저씨가 이 사실을 알고는 인상을 찌푸리며 말했다.

"이거 느낌이 안 좋아. 아무래도 저 여자 도망 나온 것 같은데."

정말로 그녀는 도망쳐 왔던 것이다. 얼마 안 되어 이 추측은 사실로 드러났다.

그 뒤로 또 십여 일이 지나서 모두들 며칠 전 일을 거의 다 잊어 갈 무렵, 웨이 할멈이 별안간 서른 좀 넘어 보이는 여인네를 샹린댁의 시어머니라고 데리고 왔다. 그 시어머니라는 여자는 시골티가 좀 나긴 했지만 대꾸하고 말하는 폼이 침착하고 말도 제법 잘하는 편이었다. 인사를 나누고 나자 깍듯하게 죄송하다는 말을 하고는 자기 며느리를 찾아 시집으로 데리고 돌아가겠다고 했다. 집안에는 늙은이와 어린아이뿐인데, 봄이 되자 할 일도 산더미인지라 일손이 모자란다고 하면서.

"시어머니가 자기 며느리를 데리고 가겠다는데 우리가 뭔 할 말이 있겠나."라고 넷째 아저씨가 말했다.

그래서 일한 품삯을 셈해 보니 모두 1,750문이었다. 샹린댁은 그간 품삯을 주인집에 몽땅 맡겨 두고 단 한 푼도 쓰지 않았던 것이다. 이걸 죄다 그녀의 시어머니에게 내주었더니 그 여자는 옷가지까지 챙겨서 고맙다는 인사를 남기고는 그만 가 버렸다.

때는 벌써 정오 무렵이었다.

"에고, 쌀은? 샹린댁이 쌀을 일러 가지 않았어……?"

한참이 지난 뒤에야 넷째 아주머니는 깜짝 놀라며 소리를 높였다. 아마도 허기가 지니 점심 생각이 났던 모양이다. 그러자 모두들 나서서 쌀 이는 조리를 찾기 시작했다. 넷째 아주머니는 우선 부엌으로 가 보았고 다음에는 안채로 가 보았으며 나중에는 침실에도 가 보았지만 조리는 흔적도 보이지 않았다. 넷째 아저씨가 대문 밖까지 나가 보았지만 그래도 안 보이자 강가에까지 가 보았다. 과연 강가에 조리가 반듯하게 놓여 있었고, 그 옆에는 한 포기 채소도 그대로 있었다.

직접 본 사람들이 하는 말에 따르면, 오전부터 강가에는 흰 뜸을 씌운 배 한 척이 정박해 있었다는 것이다. 배는 뜸으로 완전히 덮여 있어서 배 안에 누가 있는지 도대체 알 도리가 없었고, 일이 일어나기 전까지만 해도 그 누구도 거기에 신경쓰는 사람은 없었다는 것이다. 샹린댁이 쌀을 일러 강가로 나와 막 앉으려고 하는 순간 정박한 그 배에서 산골 사람 같은 두 남정네가 달려 나오더니 한 남자는 그녀를 안고, 다른 한 남자는 그 사람을 거들어 배로 끌고 갔다는 것이다. 울부짖는 샹린댁의 울음소리가 몇 번인가 들리더니 입을 틀어막은 것인지 그 후론 어떤 인기척도 들려 오지 않았다 한다. 뒤이어 여인네 둘이 걸어왔는데 하나는 처음 보는 사람이었고, 다른 한 사람은 다름 아닌 웨이 할멈이었다고 했다. 배 안을 몰래 들여다보았지만 잘 보이지 않았다. 아무래도 샹린댁은 몸이 결박된 채로 배 바닥에 누워 있었던 것 같다고 했다.

"괘씸하기 짝이 없네! 그런데……" 하고 넷째 아저씨가 말끝을 흐렸다.

이날은 넷째 아주머니가 직접 나서 점심 식사 준비를 했고, 아들 아뉴阿牛는 군불을 땠다.

점심을 다 먹고 나니 웨이 할멈이 또 찾아왔다.

"괘씸하구먼!"

넷째 아저씨가 호령을 했다.

"자네 도대체 무슨 속셈인가? 뭔 염치로 우리를 보러 왔는가."

넷째 아주머니는 설거지를 하다가 웨이 할멈을 보자마자 대뜸 화부터 냈다.

"자네가 소개해서 데려다 놓고는 어떻게 저쪽과 짜고서 빼돌리기를 하나. 남들 보기에 이 무슨 망신이란 말이야. 자네가 우리 집을 비웃음거리로 만들 작정이었나?"

"아이고, 마님 그런 게 아니고요, 저도 영락없이 깜박 속았다니까요. 그래서 저도 분명하게 말씀드려야겠다 싶어 이참에 이렇게 왔습죠. 샹린댁이 저한테 일할 곳을 좀 알아봐 달라고 했을 때 자기 시어머니를 속이고 온 걸 제 속으로 어떻게 상상이나 했겠습니까. 정말 죄송하게 됐습니다요. 나리 그리고 마님, 제가 어리석어서 좀 더 조심했어야 했는데 본의 아니게 단골댁에 폐를 끼치고 말았네요. 어르신 댁에서는 늘 고맙게도 넓은 아량으로 살펴주시고 소인을 꾸짖지 않으셨지요. 후에 제가 꼭 좋은 사람을 소개해서 그것으로나마 용서를 구할까 싶습니다…….”

“그렇지만…….”

넷째 아저씨가 말했다.

이 정도로 샹린댁 사건은 종결되었고, 얼마 지나지 않아 이내 잊혀진 일이 되고 말았다.

하지만 넷째 아주머니만은 그 뒤에 들어온 하녀들이 게을러터졌거나 아니면 너무 먹어 대고, 혹은 먹성이 너무 좋은데다 게으르기까지 하니 도무지 성에 차지 않았다. 그 대신 자꾸만 샹린댁 생각이 났다. 샹린댁 생각이 날 때마다 그녀는 혼잣말로 “샹린댁은 지금 어찌 지내는지?” 하고 중얼거렸다. 그녀가 다시 와 주기를 바라는 마음에서 하는 말이었다. 그러나 두 번째 설에는 그녀도 그런 마음을 내려놓았다.

음력설이 거의 다 지나갈 즈음 웨이 할멈이 새해인지라 인사차 들렀는데, 거나하게 마셨는지 술에 제법 취한 모습이었다. 웨이자산에 있는 친정집에 갔다가 며칠 지내다 보니 이렇게 늦게 왔노라고 했다. 두 사람이 이런저런 이야기를 나누다 자연스레 샹린댁 얘기를 하게 되었다.

"그 여자 있잖아요?" 웨이 할멈이 신바람이 나서 말하기를 "이제는 운이 튼 것 같더라고요. 시어머니가 전에 샹린댁을 잡아 끌고갈 때 벌써부터 허賀씨 마을의 허라오류賀老六한테 보내기로 약속이 되어 있었다 하네요. 그래서 시집에 잡혀간 뒤 며칠 안 돼서 바로 꽃가마에 태워 보냈다지요."

"세상에, 무슨 그런 시어미가 다 있을까……!"

넷째 아주머니는 놀란 마음에 이렇게 말했다.

"에고, 우리 마나님! 그야말로 대갓집 마나님다운 말씀입니다요. 우리 같은 산골 촌 거렁뱅이들이야 그깟 일쯤이 뭐 대수겠어요? 그녀에겐 나이 어린 시동생이 있는데 장가를 보내야 했대요. 샹린댁이 시집을 가서 목돈을 마련하지 않으면 어디 결혼이나 시키겠어요? 그녀의 시어머니가 보통 억척이 아닌지라 계산을 해보고는 그녀를 두메산골로 시집보냈다는군요. 원래 같은 마을 사람에게 시집을 보내면 예단을 조금밖에 받지 못하거든요. 누가 두메산골로 시집가려 하겠어요. 그런 여자들이 적다 보니 그 시어머니는 팔십 냥이나 받았답디다. 이번에 둘째 며느리를 맞아들이는 데 오십 정도를 썼고, 또 잔치 비용을 빼고도 십여 냥은 남은 셈이지요. 그러니 얼마나 계산 잇속이 밝습니까……?"

"그랬구먼, 샹린댁은 그래 결국 하자는 대로 따라 했다던가……?"

"말을 듣고 안 듣고가 어디 있겠어요. 누구인들 소란 한바탕 피우지 않겠습니까마는 밧줄에 꽁꽁 묶어 꽃가마에 태워 남자 집으로 메고 가 버리면 어쩔 도리가 없지요. 아, 거기서 화관을 씌우고 서로 맞절하게 한 다음에 신방에 밀어 넣고 방문을 꼭 닫아 버리면 그걸로 끝이라니까요. 그래두 샹린댁이 보통은 아니었던 모양입디다. 어찌나 야단법석을 피워 댔는지 너도나도 배운 집안에서 일한 사람이라 뭐가 달라도 다르다고들 했대요. 마님, 우리는 수도 없이 많이 봤잖아요. 개가를 하면서 죽을 듯이 통곡하는 여자도 있었고, 죽네 사네 하면서 갖은 소란을 피우는 이도 있었구요. 또 남사 집에 가서까지도 혼례를 못 올리는 여자도 있고, 화촉까지 망가뜨린 여자도 있었습죠. 하지만 샹린댁은 보통 여자들과는 달랐다고 하네요. 사람들 하는 말이, 그녀가 실려 가는 중에 계속해서 소리 지르고 욕을 해 대서 허씨 마을에 도착할 즈음에는 목이 다 쉬어 버렸다네요. 두 남정네와 시동생이 꽃가마에서 샹린댁을 끌어내려 그녀를 붙들고 억지로 절을 시키려 했지만 결국엔 허탕만 치고 말았답니다. 붙들고 있던 자들이 잠시 방심하여 손을 풀었더니, 아이구 글쎄, 그녀가 혼례를 치르는 상 모서리에 머리를 들이받아 머리가 터지고 온통 붉은 피로 물들었대요. 머리 터진 곳에 향 재 두 묶음을 붓고 붉은 천으로 두 겹이나 싸맸지만 피가 여전히 쉬지 않고 흘렀다고 하네요. 사람들 여럿이서 그녀에게 달라붙어 그녀를 남자랑 신방에 밀어 넣고 문을 잠갔다는데 여전히 욕을 해 대면서, 아이구 나 참…….”

웨이 노파는 절레절레 머리를 흔들며 진저리를 치더니 눈을 내리깔고 이내 입을 다물었다.

"그래서 어찌 되었나?"

넷째 아주머니가 또 물었다.

"이튿날도 일어나지도 않았대요."

그녀는 눈을 올려 뜨며 말했다.

"그럼 그 다음에는?"

"다음이요? 그야 일어났지요. 연말께에는 남자아이도 출산했대요. 이제 새해가 되었으니 벌써 두 살이 되나 봐요. 제가 친정에 며칠 있으면서 허씨 마을에 다녀온 사람 이야기를 전해 들으니 애기엄마 몸도 불어나고 애도 제법 포동포동 살이 올랐더래요. 모셔야 하는 시어머니도 없지 남편은 어찌나 힘이 센지 일도 척척 잘하지, 게다가 집도 자기 집이니까. 정말로 샹린댁은 운수대통했어요."

그런 뒤로는 넷째 아주머니도 더는 샹린댁 이야기를 입에 올리지 않았다.

그런데 어느 해 가을인가, 샹린댁이 운수대통했다는 소식을 들은 뒤로 두 번째 설을 쇤 무렵이었다. 중개인 할멈이 다시 넷째 아저씨의 집 안채에 서 있었다. 탁자 위에는 둥근 광주리가 놓여 있고, 처마 밑에는 작은 이불보따리도 내려져 있었다. 샹린댁은 전처럼 여전히 흰 끈으로 머리를 질끈 묶고 검정 치마에 남색 겹저고리를 입고 있었으며, 옆은 노란색 조끼를 걸쳐 입고 있었다. 얼굴 역시 전처럼 푸르딩딩하고 누런빛이 돌았으나, 두 볼의 혈색은 이미 찾아볼 수 없었다. 아래로 내리깔고 있는 눈가로는 눈물자국이 선명했고 눈빛도 전처럼 그렇게 생기 있어 보이지 않았다. 이번에도 그녀는 웨이 할멈을 따라왔는데, 할멈은 몹시 딱하다는 표정으로 주저리주저리 넷째 아주머니에게 말을 건넸다.

"……이런 경우야말로 정말 '세상사 한 치 앞도 모른다'는 격이지요. 이 사람 남편은 아주 튼실한 양반이라 누가 봐도 젊고 팔팔한 청년이었습죠. 아, 그런데 글쎄 장티푸스에 걸려 죽을 줄 누가 짐작이나 했겠어요? 본래는 다 좋아졌다는데 찬밥을 먹고는 병이 또 재발했다지 뭐예요. 그래도 아들이라도 있어 얼마나 다행인가 했지요. 이 사람이 땔나무도 하고 찻잎도 따고 양잠도 하면서 뭐든 닥치는 대로 일을 해서 그 아이를 키워낼 수 있었는데, 그만 그 아이마저 이리에게 덜컥 물려 갈 줄 누가 알았겠어요? 봄철도 다 지나갔는데 마을에 이리가 출몰할 줄 누군들 상상이나 했겠냐구요? 지금 이이는 외톨박이가 되고 말았다니까요. 그뿐인가요, 시아주버니라는 사람이 찾아와서 집마저 빼앗고 세상에 이 사람을 내쫓고 말았다죠. 정말 오갈 데도 없어 하는 수 없이 이렇게 옛 주인을 찾아온 거랍니다. 다행스럽게도 이 사람은 이제 더 이상 거추장스런 것도 없고, 마침 마님댁에서 사람을 바꾼다고 하기에 제가 데리고 와 봤습니다. 잘 아는 익숙한 집이라 낯선 사람 들이는 것보다는 사실 더 낫지 않을까 싶은 생각도 들고 해서요…….”

“저는 진짜로 바보였네요, 정말로.”

샹린댁은 넋이 나간 멍한 눈을 들고서 또 이렇게 말했다.

“눈이 올 때 산속에는 먹을 것이 없어 들짐승들이 마을로 내려올 수 있다는 것은 알고 있었지만, 설마 봄에도 그럴 줄은 진짜 몰랐어요. 이른 아침에 저는 대문을 열어 놓고 콩을 가득 담은 작은 바구니를 우리 아마오阿毛에게 주면서 문지방에 앉아서 그걸 까라고 했답니다. 워낙에 말을 잘 듣는 아이인지라 내가 시키니까 바로 들고 나가더라고요. 나는 그 사이 집 뒤쪽에서 장작을 패고 쌀을 일어 솥에 안치고 나서, 콩을 쪄야겠다 싶어 아마오를 불렀죠. 그런데 대답이 없는 거예요. 그래서 나가 봤더니 콩은 땅바닥에 어수선하게 흩어져 있고, 우리 아마오는 어디에도 보이지 않더라고요. 우리 아마오가 원래 남의 집에 가서 잘 놀지도 않지만, 그래도 혹시나 싶어 이 집 저 집 돌아다니며 찾아보았네요. 그런데 결국 아무 데도 없더라고요. 저는 초조한 마음에 동네 사람들에게 찾아봐 달라고 부탁까지 했지요. 반나절 내내 찾아 헤매다 산속 가시덤불 위에 내걸린 우리 애의 신발 한 짝을 발견했지 뭐예요. 다들 그걸 보고서는 에구머니 이를 어쩌나 하면서, 이리 녀석이 물어 간 게 틀림없다고들 걱정했어요. 좀 더 깊숙이 들어가 봤더니 글쎄 우리 아이가 정말로 풀숲에 누워 있는데, 뱃속의 오장은 놈들이 벌써 다 파먹어서 텅 비어 있었고, 손에는 그 작은 바구니를 그때까지도 꼭 그러쥐고 있더라고요…….”

샹린댁은 쉼 없이 흐느껴 울기만 할 뿐 제대로 말 한마디 잇질 못했다.

넷째 아주머니는 처음에는 좀 망설이는가 싶더니 그녀의 말을 듣고서는 눈자위가 차츰 붉어졌다. 잠시 생각을 하더니 둥근 광주리와 이불보따리를 아랫방에 가져다두라고 했다. 웨이 할멈은 무거운 짐이라도 내려놓은 듯 길게 한숨을 내쉬었다. 샹린댁은 처음 왔을 때보다 기분이 좀 우선한지 누가 거들지 않아도 자기 스스로 익숙하게 이불 짐을 가져다 놓았다. 이렇게 그녀는 다시금 루전에서 식모살이를 하게 되었다.

사람들도 전과 다를 바 없이 그녀를 여전히 샹린댁이라고 불러줬다.

하지만 이번에는 샹린댁의 상황이 전과는 많이 달라졌다. 일을 시작한 지 불과 며칠이나 되었을까 주인들은 그녀의 손발이 전처럼 날렵하지 않고, 기억력도 상당히 나빠졌음을 눈치챘다. 죽은 사람같이 시든 얼굴에는 온종일 웃음기라곤 찾아볼 수 없었다. 넷째 아주머니의 말투에서 벌써 불만이 묻어 나왔다. 샹린댁이 다시 왔을 때 넷째 아저씨는 전에 그랬던 것처럼 인상을 찌푸렸지만 지금껏 하녀를 들여 일을 시키는 데 몹시 애를 먹었던 지라 그다지 크게 반대하지는 않았다. 그저 넷째 아주머니에게 넌지시 주의를 주며 이런 말을 했다. 이런 사람은 안되었고 불쌍하지만, 풍속에 해를 끼치는 사람들이니 옆에서 거드는 것은 상관없어도 제사 같은 때 그녀가 직접 손을 대거나 해서는 안 된다고 당부했다. 음식은 손수 만들어야지 그렇지 않으면 불결해서 조상님들이 드시지 않을 것이라는 이유로 말이다.

넷째 아저씨의 집안에서 제사는 가장 큰 일이었고, 전에도 샹린댁이 가장 바빴던 때가 바로 제사를 지낼 때였지만 이번에는 한가하기만 했다. 제사상을 대청 한가운데에 놓고 상보를 펴 놓고 나자, 그녀는 전에도 술잔과 젓가락을 놓았던 걸 쉽게 기억해 냈다. 하여 술잔과 젓가락을 놓으려는 순간,

"샹린댁, 그만둬. 내가 놓을 테니."

넷째 아주머니가 황급히 말했다.

샹린댁은 어색한 듯 슬그머니 손을 거두어들이고 또 촛대를 가지러 갔다.

"샹린댁, 놔두게. 내가 가져올 테니."

넷째 아주머니는 또 다급한 말투로 말했다.

그녀는 몇 바퀴쯤 그저 빙빙 돌기만 했을 뿐 결국엔 아무것도 할 일이 없어 어쩔 수 없이 전후 사정도 모른 채 그만 물러났다. 그녀가 이날 할 수 있었던 일이라곤 부엌에서 군불을 때는 것뿐이었다.

루전 사람들도 그녀를 전과 다를 바 없이 여전히 샹린댁이라고 불렀지만, 그 말투는 전과는 딴판이었다. 또 그녀와 이야기를 나누면서도 웃는 모습에는 냉랭함이 서려 있었다. 하지만 그녀는 그런 걸 도무지 알아채지 못했다. 그저 눈을 동그랗게 뜬 채로 누구라도 마주치기만 하면 도저히 잊을 수 없는 자기 이야기를 남들에게 들려주었다.

"나는 진짜 바보지 뭐예요, 정말로."

그녀는 말했다.

"눈 내릴 때는 산속에 먹을 만한 게 없으니 들짐승이 마을로 내려올 수 있겠다 싶었지만, 설마 봄에도 그렇게 내려올 줄은 정말 몰랐어요. 저는 이른 아침에 일어나 대문을 열어놓고 콩을 채운 작은 바구니를 우리 아마오에게 건네줬죠. 아이더러 문지방에 앉아서 그것을 까라고 말이에요. 착한 우리 애는 내가 하라는 대로 그걸 들고 나갔답니다. 그때 나는 집 뒤쪽에서 장작을 패고 쌀을 일어 솥에 안친 뒤, 콩을 찌려고 아마오를 불렀는데 우리 아이가 대답이 없는 거예요. 나가 보니 콩이 땅바닥에 낭자하게 흩어져 있는데 우리 아마오는 흔적도 보이지 않았어요. 여기저기 백방으로 찾아보았으나 어디서도 우리 아일 찾을 수는 없었어요. 저는 어찌나 조급한 마음이 들던지, 사람들에게 찾아봐 달라고 부탁을 했지요. 반나절 동안 여러 명이 산골짜기를 찾아 헤맸는데 글쎄 가시덤불 위에 우리 애 신발 한 짝이 걸려 있는 것을 발견했답니다. 사람들은 에구머니나 이를 어쩌나 이젠 끝났구나, 이리를 만난 거라고들 했지요. 좀 더 가 보니 그애는 과연 풀숲에 누워 있는데, 뱃속의 오장은 들짐승에게 이미 먹혀 비어 있었고, 불쌍하게도 손으론 그 작은 바구니를 꼭 그러쥐고 있더군요……."

그녀는 눈물을 흘리며 흐느껴 울었다.

이 이야기는 상당히 효과적이었다. 남자들은 여기까지 듣다가 웃음기 가신 얼굴로 안됐다는 듯 자리를 떴다. 아낙들은 샹린댁의 처지를 함께 슬퍼하기도 했고, 그들의 얼굴은 내처 무시하던 표정 대신 함께 울어 주기까지 했다. 샹린댁의 이야기를 거리에서 아직 들어보지 못한 나이 지긋한 아낙네들은 일부러 찾아가서 그녀의 이 비통한 이야기를 들으려고도 했다. 그녀가 흐느껴 우는 대목까지 이야기가 전개되면 아낙들도 눈가에 맺힌 눈물을 한바탕 흘리면서 탄식을 쏟아냈고 이러니저러니 갖은 의견들을 내놓으며 흡족한 마음으로 돌아갔다.

그녀는 이렇게 하염없이 되풀이해 가며 남들에게 비통한 자신의 이야기를 들려주었고, 언제고 반드시 네댓 사람 정도는 모여들어 샹린댁의 이야기에 귀를 기울였다. 그렇지만 이 이야기는 얼마 안 되어 동네 사람이라면 누구든 귀에 못이 박이도록 지겹게 들은 터라 자비심이 많고 염불을 외며 사는 노부인들에게서도 더 이상은 눈물을 짜낼 수 없게 되었다. 이후론 마을 사람들이라면 누가 되었든 그녀의 이야기를 외울 정도가 되었고, 그 이야기만 들어도 머리가 지끈거릴 지경이었다.

"나는 진짜 바보지 뭐예요, 정말로."라고 그녀가 말을 끄집어내기만 하면 사람들은 얼른, "눈 내릴 때는 산속에 먹을 만한 게 없으니 들짐승이 마을로 내려올 수 있겠다 싶었지."라며 그녀의 말을 동강내 버리고 훌쩍 자리를 떴다.

그러면 그녀는 넋이 나간 듯 입을 헤벌리고 서서 멍한 눈으로 그들을 우두커니 바라보았다. 그러다 자기도 별 재미를 못 느낀 것인지 발길을 옮겨 돌아갔다. 하지만 그녀는 또 다른 일, 이를테면 작은 바구니, 아니면 콩, 혹은 남의 아이들에게서 자기 아마오의 이야기를 끄집어내려고 애를 썼다. 두서너 살 된 아이들만 봐도 이내 이렇게 말하곤 했다.

"아이구, 우리 아마오가 살아 있다면 이 정도 자랐을 텐데……."

아이들은 그녀의 눈을 보고는 깜짝 놀라 엄마의 옷자락을 끌며 얼른 가자고 졸라 댔다. 그렇게 되고 보니 다시금 그녀는 혼자 남겨졌고 결국엔 자기도 재미가 없는지 돌아갔다. 그러자 나중에는 다들 그녀의 습관 같은 버릇을 아는지라 아이가 보이기만 하면 그 아이를 가리키면서 장난을 치는 표정으로 선수를 치며 샹린댁에게 묻는 것이었다.

"샹린댁, 자네 아마오가 지금껏 살아 있다면 이만큼 자랐겠지?"

그녀는 아직도 자신의 슬픈 이야기가 여러 날 많은 사람들의 입에 오르내리며 저작詛嚼이 되어 이미 찌꺼기로 변해 싫증나고 넌더리 날 만한 것이 되었음을 잘 모르고 있었다. 하지만 사람들의 웃는 모습에서 어딘가 차갑고 또 날카로운 느낌을 받았고 자신도 더 이상 얘기할 필요가 없음을 깨달았다. 그래서 그녀는 그들을 힐끗 쳐다만 볼 뿐 한마디도 대꾸하지 않았다.

루전에서는 늘 그랬듯이 설을 쇠려면 선달 스무날부터는 몹시 분주해진다. 이번에 넷째 아저씨의 집에서는 이 기간만 잠시 남자 일꾼을 들였는데 그래도 일손은 여전히 부족했다. 그런지라 또 류柳씨 어멈더러 오라 해서 일손을 돕게 했다. 닭도 잡고 거위도 삶아내야 하는데, 류씨 어멈은 독실한 불교 신자인지라 채식만 하고 살생은 전혀 하지 않는 사람이다. 때문에 류씨 어멈은 설거지만 하려고 했다. 샹린댁은 군불을 때는 것 말고는 그다지 할 일이 없었다. 그저 한가롭게 앉아 설거지하는 류씨 어멈을 우두커니 바라보고만 있었다. 잔 눈이 가늘게 흩날리고 있었다.

"하아, 난 진짜로 바보라니까."

샹린댁은 하늘을 올려다보며 탄식 섞인 혼잣말을 했다.

"샹린댁, 또 시작이우?"

류씨 어멈이 진저리가 난다는 듯이 그녀의 얼굴을 쳐다보며 말했다.

"뭐 하나 물어보세, 자네 이마에 난 흉터는 그때 부딪친 것인가?"

"응, 글쎄."

그녀는 아리송하게 말했다.

"그럼 말이야, 그때는 어쩌다가 결국엔 그리하겠다고 한 거야?"

"나? 나 말이야……?"

"그럼 자네지 누구야. 어쨌든 자네가 하겠다 했으니까 그리 된 거지. 그렇지 않으면……."

"아이고 참, 그 사람 힘이 얼마나 장사인 줄 몰라서 하는 소리에요."

"그걸 내가 어떻게 믿나. 자네도 그 사람 못지않게 힘이 센데 못 이긴다니. 좌우지간 자기가 결국엔 좋아서 그리해 놓고선 이제 와 그 사람이 힘이 세다고 변명하는 꼴이라니."

"아이고 세상에, 자기도…… 자기도 한번 당해 보면 알지……." 하면서 샹린댁은 웃음을 흘렸다.

류씨 어멈의 주름투성이 얼굴도 웃는 바람에 호두처럼 쭈글쭈글 오그라들었다. 물기 없는 메마른 작은 눈으로 샹린댁의 이마를 한번 흘깃 보더니 다시금 그녀의 눈을 빤히 바라보았다. 샹린댁은 쭈뼛거리며 거북한 듯 웃음을 거두고 시선을 돌려 눈송이를 바라보았다.

"샹린댁, 정말이지 자넨 재수가 없구먼."

류씨 어멈이 무슨 비밀 이야기라도 꺼내듯 말했다.

"조금만 더 버텨내든가 아니면 차라리 어디라도 부딪쳐 죽어 버리든가 하는 게 낫지 않았겠어. 지금 돌이켜보면 자넨 두 번째 남자랑 두 해도 채 채우지 못하고서 그저 엄청난 죄명만 뒤집어썼잖아. 생각해 보라구, 자네가 언젠가 죽어 저승에 가게 되면 이미 죽어 버린 남자 귀신 둘이서 자네를 사이에 두고 서로 다투게 될 텐데 그때 자넨 누구를 택할 텐가? 염라대왕님도 방법이 없으니 자네를 찢어 남정네 두 귀신에게 나누어 줄 것 아닌가. 생각만 해도 그건 참……."

이 말을 듣던 그녀의 얼굴에는 두려운 공포감이 몰려왔다. 그런 말은 외딴 산골 마을에서는 들어 보지도 못한 말이었다.

"내 생각엔 자네가 얼른얼른 액땜이라도 하는 게 낫지 싶네. 토지묘에 가서 문지방 하나를 바치고 그걸로 자네 몸 대신 천 명의 사람들이 밟게 하고, 만 명의 사람이 타고 넘도록 해 봐. 그럼 이 세상에서 지은 죄도 씻게 되고, 죽은 후에도 고통을 덜 수 있을 거니까."

샹린댁은 그 자리에서는 어떤 대답도 하지 않았지만 이 문제를 놓고서 꽤나 고민을 했던 모양이다. 이튿날 아침에 일어나 보니 두 눈 가장자리가 거무튀튀했다. 아침을 챙겨먹고서 그녀는 마을 서쪽에 자리한 토지묘로 찾아가 문지방을 하나 기증하겠다고 했다. 묘지기가 처음에는 그럴 수 없다고 했다. 그러자 다급해진 그녀가 눈물을 흘리며 통사정하자 마지못해 허락해 주었다. 문지방 하나의 가격은 은화 열두 냥이었다.

샹린댁은 벌써 오래전부터 사람들과 오가지 않았다. 이건 사람들이 샹린댁의 아이 아마오 얘기에 싫증을 느꼈기 때문이리라. 그런데 류씨 어멈과 이야기를 나눈 것이 온 마을로 퍼져 나가 다시금 사람들의 새로운 흥미를 끌기 시작했고, 또 사람들은 그녀에게 그걸 말해 달라고 조르기도 했다. 물론 제목도 새로운 모양새를 갖추었는데, 그건 주로 그녀의 이마에 난 흉터에 관한 것이었다.

"샹린댁, 좀 들어보세, 자네는 그때 어떻게 해서 따라가게 되었나?"

어떤 사람이 이렇게 물었다.

"에고, 안타깝게도 그만 머리를 잘못 부딪친 거지."

옆의 다른 사람이 그녀의 상처 흉터를 보고 맞장구를 치면서 말했다.

남들이 웃고 떠드는 소리에 또 자기를 조롱하고 있음이 느껴진 샹린댁은 눈을 동그랗게 뜨고서 그들을 쳐다만 볼 뿐 한마디도 상대하지 않았고, 나중에는 돌아보지도 않았다. 그녀는 하루가 다 가도록 입을 꼭 다물고 말 한마디 하지 않았고, 사람들이 치욕스런 것이라 생각하는 그 상처 흉터를 고스란히 드러내 놓은 채 묵묵히 거리를 나다녔다. 그러면서 바닥을 쓸고, 푸성귀도 씻었으며, 쌀도 일었다. 세월은 흘러 어느덧 일 년이 지났다. 그녀는 넷째 아주머니가 그동안의 일한 대가로 준 임금을 멕시코 은화 12원(역자 주: 당시 표면에 매가 그려진 멕시코 은화가 대량 유통되었는데, 이는 아편전쟁 이후 중국에 유입되어 유통된 것임.)으로 바꾸었다. 그런 뒤 휴가를 받아 마을의 서쪽으로 갔다. 그런데 한나절도 채 안 되어 다시 돌아왔는데, 기분도 산뜻해지고 눈빛도 생각 외로 반짝반짝 빛을 발했다. 알고 보니 넷째 아주머니에게 자기가 토지묘에 가서 문지방을 시주하고 왔다며 신바람이 나서 떠들어 댄 것이다.

동지冬至 제사 무렵 그녀는 더 열심을 다해 일했다. 넷째 아주머니가 제수용품을 맞춰 놓고 아뉴와 함께 제상을 대청 가운데로 들어 나르는 것을 보고, 별 생각 없이 자연스레 술잔과 나무젓가락을 집어 들었다.

"내려놔. 샹린댁!"

넷째 아주머니는 다급한 마음에 큰 소리로 외쳤다.

그녀는 불에 달구어 지지던 형벌인 포락炮烙의 형을 받은 것처럼 손을 움츠린 채 안색도 금세 잿빛으로 변했다. 그리고선 더는 촛대를 가지러 가지도 않고 넋을 뺀 채 서 있었다. 제사 향을 피울 때가 다 되어 넷째 아저씨가 나가라고 하니 그제야 밖으로 걸어 나갔다. 이런 뒤 그녀에게는 아주 큰 변화가 일어났다. 자고 일어난 다음 날 그녀의 눈은 움푹 패었을 뿐 아니라, 정신조차 온전하지 않았다. 게다가 몹시도 겁을 집어먹고 컴컴한 밤과 검은 그림자를 유난히 무서워했으며, 사람조차 보는 걸 두려워했다. 심지어 자기 주인이 나타나도 두려운 나머지 벌벌 떠는 모양새가 마치 한낮에 굴에서 나온 쥐새끼가 돌아다니는 것만 같았다. 아니면 목재로 만든 허수아비처럼 넋이 나간 채 멍하니 앉아 있었다. 반년도 안 되어 머리카락마저 희끗희끗 백발이 되어 갔고, 기억력은 말할 것도 없이 더 나빠져 쌀을 일러 가는 일조차 매번 잊어버렸다.

"샹린댁, 뭣 땜에 이 지경이 되었나? 차라리 그때 들이는 게 아니었는데."

넷째 아주머니는 종종 들으라고 경고라도 하듯이 마주하고서 이렇게 말했다.

그리 해 봐도 결국 그녀는 변함없이 이런 지경이었고 다시 총명해질 가망성은 애당초 없어 보였다. 방법이 없자 그들은 그녀를 웨이 할멈에게 돌려보낼 생각까지 했다. 내가 루전에 머물고 있을 때만 해도 그저 이런 얘기를 하고 있을 뿐이었다. 그런데 지금에 와서 보니 아마 말한 대로 그대로 한 모양이었다. 그녀가 넷째 아저씨 집에서 내보내진 뒤 걸인이 되었는지 아니면 웨이 할멈 집에 먼저 갔다가 나중에 거지가 되었는지는 나로서도 알 도리가 없다.

나는 바로 주변에서 요란스럽게 터지는 폭죽 소리에 깜짝 놀라 일어났다. 그리고선 콩알 크기만 한 노란 등불을 바라보았다. 뒤이어 톡탁톡탁 하는 폭죽 소리가 들려왔다. 그것은 넷째 아저씨 집에서 '축복' 제사를 지내는 중에 들려오는 소리였다. 벌써 새벽 네 시가 다 되어 곧 동이 틀 시각임을 알 수 있었다. 몽롱한 가운데 아스라이 저 멀리서 연달아 터져 나오는 폭죽 소리가 어렴풋이 들려온다. 하늘은 온통 소리로 가득하고, 이게 짙은 구름과 한데 모여 흩날리는 눈송이와 더불어 온 마을을 휘감아 싸안은 것만 같다. 이 요란스런 북새통 소리에 난 나른하면서도 편안한 느낌이 들었다. 대낮부터 이른 저녁까지 계속 내 머릿속을 떠나지 않던 의혹과 근심은 이 축복의 기운에 씻겨 말끔히 사라져 버렸다. 오직 천지의 신들이 바쳐진 제물과 술과 향불 연기에 더없이 흠씬 취해, 하늘 공중을 비틀비틀 거닐며 루전의 사람들에게 무한한 행복을 내려주는 것만 같았다.

1924년

이혼

"아이고, 무木 아저씨! 새해 복 많이 받으시고 부자 되세요!"

"잘 지냈는가, 바싼八三! 자네도 새해 복 많이 받게……!"

"네네, 새해 복 많이 받으세요! 아이구愛姑도 여기 있었네……."

"아아, 무木 어르신……!"

좡무싼莊木三과 그의 딸 아이구가 바로 목련교木蓮橋 어귀에서 배에 오르자, 배 안에서는 일제히 왁자하게 인사를 나누는 소리가 울려 퍼졌다. 그 가운데 몇몇은 주먹을 쥐고 공수拱手의 예를 갖추기도 했다. 그런가 하면 동시에 뱃전의 좌판坐板에도 네 사람이 앉을 수 있는 자리가 만들어졌다.

좡무싼은 인사를 나누며 자리를 잡아 앉더니 긴 담뱃대를 뱃전에 기대어 세워 놓았다. 뒤따라 아이구도 아버지 왼편에 앉았는데, 갈고리 모양의 전족 다리를 바싼과 마주하니 '팔八' 자 모양이 되었다.

"무 영감님은 읍내에 가시는 길이세요?"

게딱지 모양의 얼굴을 한 남자가 물었다.

"읍내에 가는 건 아니고."

무 노인장은 약간 의기소침한 듯했지만, 검붉은 얼굴에 주름도 많은지라 그다지 큰 변화는 눈에 띄지 않았다.

"팡좡龐莊에나 한번 가볼까 해서."

배에 탄 사람들은 모두들 조용히 무 영감님네만 바라보고 있었다.

"또 아이구 때문에 가시는 거예요?"

좀 있다가 바싼이 물었다.

"그렇지, 아이 일 때문이지……. 참말로 성가셔 죽을 지경이네. 들쑤셔댄 지가 벌써 장장 3년일세. 싸웠다가 화해하기를 도대체 몇 번이나 반복했는지, 그런데도 당최 결판이 나질 않으니……."

"그럼 이번에도 웨이慰 나리댁으로 가시는 거예요……?"

"그 댁으로 가야지. 그 양반이 화해시키려고 한 것도 한두 번이 아닐세. 그때마다 내가 매번 퇴짜를 놨지만. 그건 그렇고, 이번에는 그 댁에서 새해 모임을 갖는다 해서 읍내의 치七 대인도 오신다던데……."

"치 대인?"

바싼의 눈이 동그랗게 커졌다.

"그럼 그 어르신까지도 나서서 조정을 하시는 건가요……? 그렇다면……. 사실은요, 작년에 우리가 그 양반 집의 부뚜막을 죄다 박살내 버렸거든요.* 그걸로 화풀이를 한 셈이지요. 그런데 아이구가 거기로 간다니, 사실 말이지 좋을 게 뭐 있겠나 싶네요…….” 하면서 바싼은 눈을 아래로 내리깔았다.

“나는 정말로 거기로 돌아가고 싶은 욕심 없어요, 바싼 오빠!”

아이구는 화가 치미는지 고개를 치켜세우며 말했다.

“나는 화가 나 죽겠어요. 생각 좀 해 보세요, 그 ‘짐승만도 못한 새끼’가 젊은 과부랑 눈이 맞아 바람을 피우더니, 날 싫다고 밀어내니 그게 사기 밤대로 되겠어요? ‘짐승만도 못한 늙은 아비놈’은 지 아들놈만 감싸고돌면서 되레 나를 내쫓으려고 하는데, 그게 가당키나 한 일인가 말이에요! 치 대인이 뭘 어쩔 수 있겠어요? 설마 지현知縣 나리와 의형제간이라고 해서 사람으로서 해야 할 바른말을 안 하지는 않겠지요? 웨이 나리처럼 그냥 ‘헤어지는 것이 좋아, 갈라서는 것이’라는 되먹지도 않은 말을 내뱉지는 않겠지요. 내가 요 몇 년 동안 갖은 풍상 겪은 고통을 다 풀어 놓을 거예요. 어디 치 대인이 누가 맞다고 할지 한번 봐 보려고요!”

바싼은 그 말에 압도되어 더는 입도 뻥긋하지 않았다.

뱃머리의 물결 부딪치는 소리만 찰랑찰랑 들려올 뿐 배 안은

* 과거 샤오싱 등의 지역에서 전해 내려오는 풍속으로, 사람들끼리 갈등이 빚어지면 상대방의 부뚜막을 뜯어내 버리곤 했는데, 당하는 사람은 이걸 상당히 치욕스런 일로 간주함.

아주 적막하기 그지없었다. 좡무싼은 하릴없이 손을 뻗어 담뱃대를 더듬어 잡고 담배를 재웠다.

바싼 곁에 대각선으로 바짝 붙어 앉은 뚱보가 복대에서 부시를 꺼내 치자 불꽃이 일었고, 뚱보는 그걸 좡무싼의 대통 위에 붙였다.

"고마우이, 고마워."

좡무싼이 연신 머리를 끄덕이며 말했다.

"초면이지만 무 아저씨의 존함은 진즉부터 들어 알고 있습죠."

뚱보가 깍듯하게 예를 갖추어 말했다.

"당연하지요. 이 바닷가 언저리 열여덟 마을에서 무 아저씨 모르는 사람이 누가 있을라구요? 스施씨네 아들이 과부랑 눈이 맞은 건 우리도 벌써 알고 있었구요. 작년에 무 아저씨가 여섯 아들을 거느리고 그 집으로 달려가 부뚜막을 박살낸 일도 다들 시원하다고들 합니다……. 아저씨는 어떤 고관대작의 집도 거침없이 드나드는데 그 사람들쯤이야 뭐가 대수겠어요……!"

"아저씨는 정말 사리에 밝으신 분이네요."

아이구가 기쁜 듯이 말했다.

"사실 뉘신지 잘 모르겠지만 말이에요."

"나는 왕더구이汪得貴라고 하오만."

뚱보가 서둘러 대답했다.

"나를 내팽개치도록 가만 두지는 않을 거예요. 치七 대인도 좋고 바八 대인도 좋다고요. 나는 그 사람들 집을 패가망신시키고야 말 거예요! 웨이 나리가 나를 네 번씩이나 구슬리지 않았겠어요? 아버지마저도 그놈의 위자료에 눈이 멀어 가지고…….”

“이런, 제기랄!”

무싼이 나지막한 소리로 말했다.

“그런데 들어보니 작년 연말에 스씨네가 웨이 나리한테 술 한 상을 거나하게 차려서 보냈다고 하던데요, 바싼 아저씨.”

게딱지 얼굴이 말했다.

“그런 건 별것도 아니에요.”

왕더구이가 말했다.

“술상 따위로 사람들을 구슬릴 수 있을 것 같아요? 술상으로 사람들을 꼬드길 수 있다면 양식 요리 정도라면 어떻게 되겠습니까? 학식과 교양을 갖춘 사람들은 남을 대신하여 올바른 도리를 말하지요. 이를테면 누군가가 사람들에게 모욕을 당하면 그런 양반들이 나서서 올바른 도리를 설명하는데, 술을 마셨는지 아닌지는 아무런 상관도 없는 일이죠. 작년 말에 우리 마을의 룽榮 나리가 베이징에서 돌아왔는데요. 넓은 무대에서 활동하신 양반이라 그런지 우리 촌것들과는 아예 달랐지요. 그분 말씀으로는 그곳에서 제일가는 인물이라면 광光 부인을 치는데, 그게 또…….”

“왕자후이터우汪家滙頭에 내릴 손님은 나오시오!”

뱃사공의 큰 소리에, 배는 벌써 정박할 준비를 했다.

"여기요, 여기 내려요!"

뚱보가 담뱃대를 집어 들고 선창 중간에서 앞으로 뛰어 일어나 나아가는 배를 따라 강기슭에 올랐다.

"죄송합니다!"

그는 배 안에 있는 사람들에게 머리를 조아리며 말했다.

배는 새로운 정적 속에서 또다시 앞으로 미끄러지듯 나아갔다. 물소리도 철썩철썩 선명하게 잘 들려왔다. 바싼은 이내 끄덕끄덕 졸기 시작하더니 맞은편 갈고리 모양의 다리 쪽으로 입을 쩌억 벌렸다. 배 앞 칸 쪽에 앉아 있던 두 노파는 나지막한 소리로 염불을 읊조리고 있었다. 그녀들은 염주를 돌려 가면서 아이구를 힐끗 쳐다봤다. 그런 뒤 서로를 마주보고서 입을 삐죽거려 가며 고개를 끄덕였다.

아이구는 눈을 크게 뜨고서 배에 쳐놓은 뜸의 천장을 멀뚱히 주시하고 있었다. 어떻게 하면 앞으로 그놈들 집구석을 죄다 패가망신시킬까 궁리하고 있는 모양이었다. '짐승만도 못한 아비놈', '짐승만도 못한 자식새끼' 모두를 막다른 골목으로 몰아 버릴 수 있는 방법을 말이다. 웨이 나리 따위는 아이구의 안중에도 없었다. 두 번을 만나 보았는데 머리통이 둥근 난쟁이에 불과했다. 이렇게 생긴 사람들이야 자기가 사는 마을 어디서든 볼 수 있는데, 다들 그 사람보다야 얼굴색이 조금 더 검붉을 뿐이었다.

좡무싼은 벌써 다 타서 불이 끝까지 타들어 간 담배를 여전히 물고 있었다. 그것도 담뱃진이 치익 소리를 내는데도 또 빨아 댔다. 이제 곧 왕자후이터우汪家匯頭를 지나면 머지않아 팡좡에 도착한다는 사실을 그도 알고 있었던 것이다. 게다가 그 마을 입구의 괴성각魁星閣*이 벌써 또렷하게 시야로 들어왔다. 팡좡이야 여러 번 다녀간 곳이니 뭐 특별할 것도 없었다. 웨이 나리도 별반 다를 게 없다. 좡무싼은 자기 딸이 울면서 집으로 돌아왔던 일, 그녀의 시댁뿐 아니라 사위 놈까지 가세한 그 악랄함, 그 뒤로도 얼마나 자기들에게 피해를 주었는지 아직도 생생하게 기억하고 있었다. 여기까지 떠올리니 지나간 과거의 일들이 주마등처럼 하나하나 눈앞을 스쳐 갔다. 그놈의 시댁을 괴롭혀 준 장면을 떠올리면 어김없이 싸늘한 미소를 지었는데, 왠지 이번에는 그렇게 되질 않았다. 무슨 연유인지 모르겠지만 갑작스레 뚱뚱한 치 대인이 성큼 나타나 자기 머릿속의 장면들을 마구 헝클어 놓는 것이었다.

계속되는 고요함 속에 배는 여전히 앞으로 나아갔다. 들리는 것이라곤 오직 염불 소리뿐, 그 외의 어떤 것도 무 아저씨와 아이구를 따라 온통 깊은 생각 속으로 잠겨 들어간 듯하다.

"무 아저씨, 내리셔야죠, 팡좡에 다 왔어요."

---

* 괴성이란 본래 중국 고대 천문학에서 말하는 소위 28수(宿)의 하나인 규성(奎星)의 속칭으로, 괴성을 모시는 곳임.

좡무싼과 아이구가 뱃사공의 도착을 알리는 소리에 놀라 깨보니, 벌써 괴성각이 눈앞에 와 있었다.

그가 강 언덕으로 뛰어내리자 아이구도 따라 내렸다. 그들은 괴성각 밑을 지나 웨이 나리 집 쪽으로 향했다. 남쪽으로 서른 집쯤을 지나 다시 모퉁이를 한 차례 돌아드니 바로 웨이 나리 집이었다. 문 입구에 줄줄이 서 있는 네 척의 뜸 배가 눈에 들어왔다.

검게 칠을 한 대문으로 들어서자 그들은 바로 문간방으로 안내되었다. 대문 뒤로는 벌써 탁자 두 개에 뱃사공과 머슴들이 빼곡히 들어차 앉아 있었다. 아이구는 차마 그들을 쳐다보기도 힘들어 그저 힐끗 눈길만 주었다. '짐승만도 못한 늙은 아비놈'과 '짐승만도 못한 자식새끼'의 종적은 어디에도 눈에 띄지 않았다. 일하는 사람이 새해 떡국을 가져오자, 아이구는 뭔가 모르게 몹시 불안해지는 것이 자신도 그 이유를 도무지 알 수 없었다. '설마 지현 나리와 친한 사이라고 해서 해야 될 바른 말을 안 하는 건 아니겠지?' 그녀는 잠시 생각했다. '학식과 교양을 갖춘 사람들은 올바른 도리를 말하는 법이지. 나는 하나도 빠뜨리지 않고 죄다 치 대인에게 고해 바칠 거야, 열다섯 나이에 시집을 가서 며느리 노릇을 하던 때부터…….'

떡국을 다 먹고 나자 그녀는 바로 때가 다가오고 있음을 직감했다. 과연 얼마 지난 뒤 아이구는 벌써 머슴이 인도하는 대로 자기 아버지랑 대청大廳을 지나고 또 한 차례를 돌아 응접실의 문턱을 넘어 들어갔다. 이런저런 물건들로 갖춰진 응접실을 그녀는 자세히 볼 여유가 없었다. 또 거기에는 여러 명의 손님이 있었는데, 알록달록한 비단 마고자가 반짝이는 것만 눈에 들어왔다. 그중에 단연코 눈에 띄는 사람이 있었는데, 그 사람이 바로 치 대인 같았다. 머리는 둥글었지만 웨이 나리보다는 훨씬 큰 체구에 훤칠한 모습이었다. 둥글고도 큰 얼굴에 작은 눈과 새까만 가느다란 수염, 정수리는 반지르르 벗겨진 모습이었다. 그래도 치 대인의 머리통과 얼굴은 불그스레한데다 윤기로 번들거렸다. 아이구는 참으로 이상하다고 여겨졌지만 이내 자기 식으로 해석하고 이해했다. 그것은 분명 돼지기름을 바른 것임에 틀림없다고.

"이것이 바로 '비색庇塞'이란 것인데, 옛날 사람들이 시신의 염을 할 때 항문을 막았던 물건이라네."

치 대인이 닳은 조약돌 같은 것을 들고서 설명을 하더니 이걸 자기 코 옆에 두 번 문질렀다. 그러더니 "보아하니 아쉽게도 '신갱新坑'이구먼. 그래도 사둘 만한 가치는 있겠어. 최소한 한나라 때 거니까. 자아, 봐 보시게. 이게 썩지 않도록 뿌려둔 수은 반점으로 이른바 '수은침水銀浸'이란 말이지……."

'수은침' 주변으로 당장에 머리 몇 개가 모여들었다. 그 가운데 하나는 더 말할 것도 없이 바로 웨이 나리의 머리였다. 그 밖에 젊은 나리들의 머리도 여럿 있었는데, 그들은 위세에 눌려 말라빠진 빈대 꼴을 하고 있었다. 아이구는 전부터 이런 모습을 본 적이 단 한번도 없었다.

그녀는 치 대인이 뒤에 했던 말이 무슨 말인지 도통 알아듣지 못했다. '수은침'이 뭔지 따위는 알고 싶지도 않았고 또 알 도리도 없었다. 아이구는 이 틈에 사방을 한번 휘 둘러보다가 자기 뒤쪽에 '짐승만도 못한 늙은 아비놈'과 '짐승만도 못한 자식새끼'가 문 옆 벽 쪽으로 바싹 붙어 서 있는 모습을 발견했다. 그저 힐끗 쳐다봤을 뿐인데도 반년 전에 우연히 봤을 때보다 확실히 조금 더 나이 들어 보였다.

한참 뒤 그 머리들이 '수은침' 주변에서 흩어졌다. 웨이 나리가 '비색'을 건네 받아들고 자기 자리로 가 앉더니 그것을 손가락으로 문지르면서 좡무싼에게 고개를 돌려 물었다.

"음, 자네들 둘이 다인가?"

"네, 그렇습니다."

"자네 아들들은 아무도 안 왔나 보네?"

"다들 시간이 없는지라."

"새해 정초부터 자네들을 오라고 한 건 좀 안된 일이긴 하네만, 사실은 뭐 또 그 일 때문이지, ……자네들도 할 수 있는 만큼은 다 했다고 생각이 되네만. 벌써 2년이 넘었지 않은가? 원한이란 게 풀어야 하는 것이지 품고 있어서는 안 되는 거라고 생각하는데. 아이구는 남편이랑 뜻도 안 맞고, 시부모도 맘에 안 들어

하니…… 지난번에도 말한 대로 헤어지는 게 좋겠어. 도량이 부족한 내 말은 안 듣는다 치더라도 치 대인이야 공평한 판단을 내리시는 걸 자네들도 잘 알잖은가. 지금 치 대인의 생각도 나와 다를 바 없단 말일세. 그래도 치 대인께선 둘 다 이래저래 운수가 사나웠다고 여기셔서, 스씨네더러 십 원을 더 지불해서 도합 구십 원을 내라고 하셨다네!"

"……"

"구십 원이라고, 구십 원! 자네들이 황제 어르신께 달려가 재판을 받아 봐도 이보다 더 받아낼 순 없는 일이라고. 사실 말이지, 이런 말도 우리 치 대인이나 되니까 하실 수 있는 거고."

치 대인도 실눈을 크게 뜨더니 좡무싼을 바라보면서 고개를 끄덕거렸다.

아이구는 어찌된 일인지 일의 판이 좀 이상하게 흘러간다 생각했다. 평소 같으면 바닷가 주민들이 너나없이 두려움을 갖고 대하는 자기 아버지가 왜 여기서는 말 한마디도 꺼내지 못하는지 도통 이해할 수 없었다. 그녀 생각엔 굳이 그럴 필요가 없다고 느껴졌다. 그녀는 치 대인이 하는 말을 들으면서 그다지 잘 이해가 되는 건 아니었지만 뭔가 모르게 전에 자기가 생각했던 것처럼 그렇게 겁나고 무서운 사람이 아니라 오히려 도량 넓고 친절한 사람이라는 생각마저 들었다.

"치 대인께선 학식이 깊고 이치에 밝으시어 도리를 분별하시는 분이시니 무슨 일이든 모르는 게 없으실 것입니다."

그녀는 대담해졌다.

"우리 같은 촌사람들과는 다른 분이시죠. 저야 원망거리가 있어도 어디다 호소할 곳도 찾지 못해 이렇게 치 대인을 찾아뵙고 말씀을 드리고자 했습니다. 제가 시집을 온 뒤로 진심으로 머리를 숙여 들어가고 머리를 숙여 나왔고 이제껏 단 한번도 도리나 예법을 어겨 본 적이 없었습니다. 그런데 저 사람들은 그저 저를 원수처럼 대하면서 너나 할 것 없이 모두가 '살기등등한 인간'처럼 굴었습니다. 그해인가 족제비가 큰 수탉을 물어 죽인 일만 해도 그게 어찌 제가 문단속을 잘못한 죄란 말입니까? 그건 저놈의 빌어먹을 개가 남몰래 겨 이긴 밥을 처먹고 닭장 문을 열어놓는 바람에 그렇게 된 것입니다요. 세상에, 그런데 저 '짐승만도 못한 자식새끼'가 대뜸 달려들어 제 뺨을 후려치는 것 아니겠어요……."

치 대인이 아이구를 힐끗 쳐다보았다.

"여기에도 다 이유가 있습니다. 이것도 치 어르신의 밝으신 눈을 속여먹을 수야 없겠지요. 학식이 깊고 사리가 밝으신 분들이야 뭐든 다 잘 아시잖아요. 그놈이 화냥년에게 빠져 정신을 못차리고 되레 저를 내팽개치려고 한다는 것을. 저로 말하자면 정식으로 절차와 예의를 갖춰 꽃가마를 타고 시집온 사람입니다! 아니, 이게 어떻게 그리 간단한 일입니까……? 저는 반드시 저 사람들에게 본때를 보여 주고 말 겁니다. 재판을 한다 해도 전 괜찮습니다. 현縣에서 안 되는 일이라면 부府까지라도 전 기꺼이 갈 것입니다…….”

“그런 일쯤이야 치 대인도 다 알고 계시지.”

웨이 나리가 얼굴을 쳐들며 말했다.

“아이구, 네가 맘을 바꿔 먹지 않으면 너한테 좋을 게 하나도 없어. 너는 어째 늘 이 모양이냐. 네 아버지를 좀 봐봐라, 다 알고 계시지 않느냐. 에이 참, 어째 너나 네 형제들은 아버지를 하나도 닮은 구석이 없는 게야. 만약 재판을 해서 부로 가져간다고 치자, 그럼 관청에서 치 대인께 여쭙지 않을 것 같으냐? 그때가 되면 ‘공적인 일은 공정하게 원칙에 따라 처리될’ 것이야, 그러면 넌…… 넌 진짜로…….”

“그런 상황이 된다면 전 피차간에 몽땅 망가지고 부서지더라도 목숨을 내걸고 죽자 살자 한번 해 볼 거예요.”

“그런 건 절대 목숨까지 걸 일이 아니다.”

치 대인이 이쯤 되니 천천히 말문을 열었다.

“아직 젊구먼. 사람이란 모름지기 좀 융통성이 있어야지. ‘웃는 얼굴에 복이 온다’는 말도 있지, 안 그러나? 내가 단번에 십 원을 더 지불하게끔 해 줬잖아. 이 정도도 ‘상상을 넘어서는 일’이야. 그렇지 않더라도 시부모 되는 양반이 ‘꺼져!’ 하면 나가야 되는 거라고. 부는 물론이고 상하이, 베이징, 아니 서양까지 다 그렇다고. 네가 못 믿겠다면 저 사람이 베이징의 양학당洋學堂에서 이제 막 돌아왔으니 어디 직접 물어보라고."

그리고선 뾰족한 턱을 가진 젊은 나리에게 얼굴을 돌리더니 이렇게 말했다.

"어떤가?"

"확실히 맞는 말씀입니다."

뾰족한 턱의 젊은 나리는 서둘러 몸을 똑바로 세우더니 공손하게 낮은 목소리로 말했다.

아이구는 자기가 완전히 고립되어 있음을 직감했다. 아버지는 입을 꾹 다물었고 오빠들은 겁이 나 따라오지 않았으며, 웨이 나리는 처음부터 그놈들 편이었다. 치 대인도 그다지 믿을 수 없는 데다 뾰족한 턱의 젊은 나리조차 지금 빈대처럼 납작하게 엎드려 그저 '맞장구나 치고' 있었다. 그녀의 머릿속은 멍했다. 하지만 아이구는 마지막까지 분투해야겠다고 결심을 내린 듯했다.

"어찌 치 대인께서도 이리……."

그녀의 얼굴은 놀라움과 실망의 빛으로 가득했다.

"그렇습니다요……. 알고 있지요. 저희처럼 못 배운 사람들이야 아는 게 아무것도 없습니다. 제 아버지가 세상 물정도 모르고 늘그막에 노망 든 것이 그저 원망스러울 뿐입니다. 그러니 저 '짐승만도 못한 늙은 아비놈'과 '짐승만도 못한 자식새끼'가 그저 하자는 대로 따르겠지요. 저것들은 상喪을 당한 것처럼 몹시도 조급한 마음에 온갖 더러운 수를 써 가며 높으신 양반들에게 알랑거리고……."

"치 어르신, 좀 보십시오."

아이구 뒤에 아무 말 없이 서 있던 '짐승만도 못한 자식새끼'가 별안간 끼어들었다.

"저것은 어르신 앞인데도 저런 식입니다. 말할 것도 없이 집에서는 개, 닭까지도 저 야단법석에 불안할 지경이라니까요. 저희 아버지를 '짐승만도 못한 늙은 놈'이라고 부르질 않나, 저를 말끝마다 '짐승만도 못한 자식새끼', '사생아'라고 불러 대질 않나."

"그 '화냥년'이 네놈을 '사생아'라고 부르잖아?"

아이구는 고개를 돌려 큰 소리로 말하고는 다시 치 대인을 바라보면서 "저는 또 여기 계신 분들 앞에서 드려야 할 말씀이 있습니다. 저것들도 어디 말투가 부드럽고 온화하게 고상한 줄 아십니까? 입만 열었다 하면 '더러운 년', '못된 년'이라고 해 댑니다. 화냥년이랑 눈이 맞아 놀아난 뒤로는 제 조상까지 들먹인다니까요. 치 대인께서 저를 봐서 저놈을 혼내 주십시오, 이……."

그녀는 부들부들 진저리를 치다 다급하게 입을 다물었다. 치 대인이 갑자기 눈을 위로 치켜뜨고 둥그런 얼굴을 쳐들더니, 기다란 가는 수염에 푹 파묻힌 입으로 한껏 목청을 돋우어서 길게 소리를 질렀기 때문이었다.

"이리 오……너라!"

순간 그녀의 심장이 멈추었다가 이내 미친 듯이 세차게 뛰는 것을 느꼈다. 대세는 이미 기울어 버렸고 판국도 모두가 뒤바뀐 것만 같았다. 그만 발을 헛디뎌 물속에 풍덩 빠진 것만 같은 기분이었다. 사실 그건 자기 잘못이라는 깨달음이 몰려왔다. 바로 남색 두루마기에 검은색 조끼를 걸친 사내가 들어와 치 대인 앞에 마주 섰다. 허리를 쭉 펴 세우고 두 손을 늘어뜨린 채로 말이다.

응접실이 온통 '쥐죽은 듯 적막했다'. 치 대인이 뭐라고 입을 열었으나 그 누구도 그게 무슨 말인지 도통 알아들을 수 없었다. 하지만 그 남정네는 벌써 알아차리고 그 대단한 위력을 지닌 치 대인의 명령이 골수에 스며들기라도 한 듯 몸을 두어 번 움직이더니 소름 돋는 오싹한 표정으로 바로 대답했다.

"네."

그는 몇 걸음 물러나더니 몸을 돌려 나갔다.

아이구는 상상 밖의 일이 벌어질 것만 같았다. 그것은 전혀 생각지도 못한 일이며 또 어떻게든 막을 수도 없는 일이었다. 아이구는 그제야 비로소 치 대인이 참으로 위엄 있는 존재임을 직감했다. 이제까지 자기가 죄다 오해를 한 것이며, 그런지라 너무 멋대로 버릇없이 굴었다는 깨달음도 왔다. 아이구는 너무나도 후회가 되어 자기도 모르게 이렇게 말했다.

"저는 사실 처음부터 치 어르신이 시키시는 대로 하려고 했는데……."

응접실 안은 '쥐죽은 듯 조용했다'. 아이구의 목소리가 마치 모기 소리마냥 기어들어 가듯 가늘었지만 웨이 나리한테는 천둥소리처럼 큰 소리로 들렸다. 그가 벌떡 일어났다.

"그렇고말고! 치 대인이야말로 정말이지 공정하시고 아이구도 잘 알아들은 거지!"

그는 칭찬을 한바탕 쏟아내더니 아이구 아버지에게 말했다.

"무싼, 자네는 물론 더 할 말이 없는 거지. 당사자가 벌써 좋다고 했으니 말이야. 내가 챙겨 오라고 한 결혼 사주단자도 틀림없이 가져왔샜지. 미리 알려 줬으니까 말이야. 자아 자, 여기에다 어디 내놔 보시게……."

아이구는 자기 아버지가 호주머니에 손을 넣어 뭔가를 더듬어 끄집어내는 것을 보았다. 말뚝처럼 꼿꼿이 서 있던 남자가 들어오더니 자그마한 거북 모양의 납작한 검정색 물건을 치 대인에게 건네주었다. 또 뭔 일이 벌어질까 두려운 마음에 아이구는 얼른 좡무싼을 바라보았다. 그는 차를 놓는 탁자 위에다 남색 무명천 보자기를 펼쳐 놓고서 은화를 집어 들고 있었다.

치 대인도 작은 거북의 머리통을 뽑더니 거북의 몸통에서 뭔가를 손바닥에 약간 쏟아냈다. 말뚝처럼 정자세로 서 있던 남자가 그 납작한 뭔가를 받아 가지고 나갔다. 치 대인은 바로 한쪽 손의 손가락으로 손바닥 한가운데를 찍어서 그것을 자신의 콧구멍에 두어 번 밀어 넣었다. 콧구멍과 인중이 곧 노랗게 물들었다. 재채기가 나오려는지 치 대인이 코를 찡긋거렸다.

좡무싼은 은화를 세는 중이었다. 웨이 나리는 아직 헤아리지 않은 돈더미 속에서 얼마쯤을 집어 들어 '짐승만도 못한 늙은 아비놈'에게 건네주었다. 그런 뒤 그는 사주단자 두 개를 맞바꾸더니 그걸 양쪽에 밀어 주면서 말했다.

"자아, 다들 보관 잘하시고. 무 영감, 잘 세어 보시게나. 이런 건 장난이 아니라는 걸 잘 알지, 돈이 오가는 것이니까……."

"에취" 하는 소리가 들렸다. 아이구는 분명 치 대인이 재채기 하는 것인 줄 빤히 알면서도 자기도 모르게 그쪽으로 시선을 돌려 보았다. 치 대인이 입을 헤 벌리고 여전히 코를 찡긋거리면서 한쪽 손의 두 손가락을 사용해서 '옛날에 시신의 염을 할 때 항문을 막았던' 것을 집어 들어 코 옆을 문지르는 게 눈에 띄었다.

좡무싼이 그제야 은화를 다 세었다. 서로 바꾼 사주단자도 양쪽 모두 각각 걷어 넣었다. 모두들 한껏 웅크리고 있던 허리가 바로 펴진 듯했고, 잔뜩 긴장했던 얼굴도 한결 부드러워졌으며, 응접실 안은 온통 온화하고 화기애애한 분위기로 가득했다.

"잘되었네! 일이 아주 원만하게 정리되었어."

웨이 나리는 양쪽 모두가 돌아가려는 듯하자 내처 숨을 한번 깊이 내쉬더니 이렇게 말했다.

"그렇다면, 응, 더는 뭐 별다른 일 없겠지. 모두들 잘 원만하게 해결되었으니 축하를 해야겠구먼. 자네들 그냥 돌아갈 셈이야?

가지 말고 우리 집에서 신년 술이나 한잔씩들 들고 가시게. 어디 이런 기회가 좀처럼 와야 말이지."

"저희는 안 마실랍니다. 내년에 다시 오면 그때 마시든지 하렵니다."

아이구가 말했다.

"고맙습니다, 웨이 나리. 우리는 마시지 않을랍니다. 볼일도 있고 하니……."

좡무싼, '짐승만도 못한 늙은 아비놈'과 '짐승만도 못한 자식새끼' 모두 이렇게 말을 마치고 공손하게 물러나왔다.

"음? 어때? 한잔할 텐가?"

웨이 나리가 맨 마지막으로 나가는 아이구를 쳐다보면서 말을 건넸다.

"아니요, 안 마실래요. 그리고 감사합니다, 웨이 나리."

1925년

형제

공익국公益局은 줄곧 처리할 만한 공무가 없는지라 몇몇 직원들은 평소처럼 사무실에서 집안일에 대해 얘기하고 있었다. 친이탕秦益堂이 물담뱃대(水煙筒)를 손에 받쳐 든 채 숨이 넘어갈 듯 기침을 해 대는 통에 모두들 입을 다물어야 했다.

한참 뒤 그가 붉게 충혈된 얼굴을 들고 가쁜 숨을 쌕쌕 몰아쉬며 이렇게 말했다.

"그놈들이 어제 또 싸웠다니까. 안채에서 문어귀까지 나가면서도 계속 싸워 대는데 내가 아무리 호통을 쳐 봐도 도통 말을 들어 먹어야 말이지."

희끗희끗 수염 몇 가닥이 난 그의 입술은 여전히 떨리고 있었다.

"셋째 놈이 그러는데, 다섯째가 복권으로 날려 버린 돈은 공금으론 처리가 안 되고 자기가 배상해야 한다면서 말이야……."

"그러면 그렇지, 역시 돈 때문이죠."

장페이쥔張沛君이 화가 난 듯 망가진 소파에서 몸을 일으켰다. 그가 움푹 들어간 두 눈을 자애롭게 반짝이며, "정말이지 형제들끼리 뭘 그렇게 이것저것 작은 것까지 따져야 되는지 도대체 이해가 안 되네요, 어찌되었든 같은 거 아닌가……?" 했다.

"자네 형제들 같은 사람들이 세상천지 어디에 또 있을라구."

이탕이 말했다.

"우리는 그런 거 따지지도 않지요, 피차간에 결국 마찬가진데. 돈이란 말을 우린 마음에 두지도 않지요. 그러니까 아무 일도 안 생기더라구요. 누구네 집이 재산분배 문제로 시끄러워지면 전 우리 상황을 들려주면서 그쪽도 너무 잇속만 따지지 않도록 권한답니다. 이탕께서도 아들들을 잘 훈계하셔서……."

"에구, 천만의 말씀이네……."

이탕은 고개를 가로 내저으며 말했다.

"아무래도 그건 어렵지 싶네."

이렇게 말하며 왕웨성汪月生은 존경스럽다는 듯 페이쥔의 눈을 바라보았다.

"자네 형제들 같은 사람들이 어디 그리 흔한가. 내가 본 적이 없네. 자네들이야 정말이지 형제 가운데 그 누구도 자기 욕심 챙기는 사람이 없잖나. 그건 결코 쉬운 일이 아니지……."

"그놈들은 줄창 안채에서 대문까지 나가면서 싸움이나 해 대고……."

이탕이 중얼거렸다.

“자네 동생은 계속 바쁜가……?”

웨성이 물었다.

“요즘에도 한 주에 18시간이나 수업을 해요. 그것 말고도 93명에 대한 작문 지도가 있다 보니 그야말로 눈코 뜰 새 없이 바쁘죠. 최근 며칠간은 휴가를 냈어요. 열이 나는 걸로 보아 감기에 걸린 것 같은데…….”

“몸을 살펴 가면서 해야지요.”

웨성이 무게 있게 정중히 말했다.

“오늘 신문에 보니까, 요즘 돌림병이 유행한다던데…….”

“무슨 돌림병요?”

페이취이 깜짝 놀라 다급히 물었다.

“음. 거 뭐라더라, 무슨 열이라고 한 것 같은데.”

페이취이 열람실 쪽으로 걸음을 크게 떼며 급히 달려갔다.

“정말 흔치 않은 일이야.”

웨성은 그가 날듯이 달려가는 것을 바라보면서 친이탕을 향해 탄복을 했다.

“저기 두 형제는 영락없이 한 사람 같아. 이 세상 형제들 모두가 저렇다면 누가 집에서 소란을 피우겠어요. 우리는 따라 할 수도 없다니까…….”

“복권으로 날린 돈은 공금으로는 처리가 안 된다고 하더군…….”

이탕은 종이에 불을 붙여 담뱃대에 넣으며 원망스럽게 말했다. 사무실은 잠시 정적에 잠겼으나, 얼마 안 되어 페이췬의 발소리와 사환을 부르는 소리에 그 고요함이 깨졌다. 무슨 큰 재난이라도 터진 듯 말까지 약간 더듬거리며 목소리마저 떨렸다. 그는 사환을 시켜 프티스 의사와 통화를 하도록 했다. 내용은 바로 퉁싱同興아파트 장페이췬의 집으로 왕진을 와 주십사 하는 것이었다.

웨성은 그가 몹시도 조급해하는 걸 직감했다. 그가 전부터 서양 의사를 신뢰하는 건 알고 있었지만 벌이도 넉넉하지 않고 늘 검소한 편이었던 그가 이 지역에서 제일 유명하고 값비싼 의사를 불렀기 때문이다. 그런지라 자리에서 일어나 그쪽으로 다가가 보니 새파랗게 질린 얼굴을 한 그가 밖에 선 채로 사환이 통화하는 것을 옆에서 듣고 있었다.

"왜 그러는데?"

"신문 보도에는…… 돌림병 유행이 성……성홍열이라고 하는데요. 내, 내가 오후에 사무실로 나올 때 동생 징푸靖甫 얼굴이 온통 새빨개지고……. 벌써 출타중이라고? 그럼 그 사람들한테 의사를 전화로 찾아서 즉시 좀 와 달라고 해 봐. 퉁싱아파트, 퉁싱아파트로……."

그는 사환이 전화하는 것을 듣더니 곧장 사무실로 빠르게 달려가 모자를 집어 들었다. 왕웨성도 조급한 마음에 뒤따라갔다.

"국장님이 오시면 휴가 좀 낸다고 부탁드려 줘요. 집에 환자가 생겨서 의사를 부르러 간다고……."

그는 정신없이 머리를 끄덕이며 말했다.

"어서 가기나 하시오. 국장은 안 올지도 모르니."

웨성이 말했다.

그는 그 말을 들은 것 같지도 않았고, 금세 벌써 뛰어나가 버렸다.

거리로 나오자 그는 평소 인력거 삯을 흥정하던 것과는 달리 재빨리 튼실하고 잘 달릴 수 있을 것 같은 인력거꾼을 보자마자 값을 묻고는 그대로 인력거에 올라났다.

"좋소, 빨리만 갑시다!"

아파트는 여느 때처럼 아주 평안하고 조용했다. 어린 사환이 평소처럼 문밖에 앉아서 호금胡琴을 켜고 있었다. 그는 동생의 침실로 들어갔다. 심장이 더욱 심하게 쿵쾅거리는 것 같았다. 동생의 얼굴이 더 빨개진 데다 가쁜 숨까지 몰아쉬고 있었기 때문이다. 그가 손을 뻗어 동생의 이마를 만져 보니 손을 델 정도로 뜨거웠다.

"무슨 병인지 몰라? 괜찮은 거겠지?"

묻는 징푸의 눈은 근심스러운 빛으로 가득했다. 자신도 예사롭지 않다고 느끼는 모양이었다.

"별거 아닐 거야, ……감기겠지 뭐."

그는 대충 얼버무리며 대답했다.

그는 평소에 미신을 타파하는 데 앞장서 왔다. 하지만 지금 징푸의 모습이나 하는 말로 보아 좀 불길하다는 생각이 들었고, 환자 자신도 뭔가 예감이 있는 모양이었다. 이런 생각들이 그를 한층 더 불안하게 했다. 그는 즉시 나가 사환을 나지막이 불러 프 의사를 찾았는지 병원에 전화로 물어보라고 했다.

"네, 네. 그러게요. 그런데, 아직 못 찾았다고요."

사환이 수화기에 대고 이렇게 말하고 있었다.

페이쥔은 불안한 나머지 좌불안석 어쩔 줄을 몰라 했다. 그는 초조하면서도 문득 한 가닥 살 길이 보이는 듯, 성홍열이 아닐지도 모른다는 생각을 했다. 하지만 프 의사를 아직도 찾지 못했으니, ……같은 아파트에 사는 바이원산白問山이 한의사이긴 해도 병명쯤은 알지 않을까. 하지만 그는 예전부터 바이원산에게 몇 차례나 한의사를 공격하는 말을 한데다 프 의사를 찾는 전화를 그도 벌써 들어 알고 있을 것이다…….

그래도 그는 결국 바이원산을 부르러 갔다.

바이원산은 조금도 개의치 않고 얼른 검정 대모玳瑁테의 안경을 쓰고 징푸의 방으로 함께 와 주었다. 그는 맥을 짚어 보고 얼굴도 꼼꼼히 살펴본 뒤 옷을 헤쳐 가슴을 보고는 조용히 인사를 하고 나갔다. 페이쥔도 그의 방까지 따라갔다.

그는 페이쥔에게 앉으라고 하더니만 되레 입을 열지 않았다.

"원산 형님, 제 동생이 결국……?"

더는 참지 못하고 그가 물었다.

“홍반사紅斑痧요. 벌써 반점이 나타나기 시작한 걸 당신도 보셨죠.”

“그렇다면 성홍열은 아닌가요?”

페이쥔이 약간 반색을 했다.

“서양 의사들은 이걸 성홍열이라 부르고, 우리 한의에서는 홍반사라고 하지요.”

순식간에 그는 손발이 차가워지는 것 같았다.

“나을 수 있을까요?”

그가 걱정스럽게 물었다.

“나을 수 있습니다. 다만 당신 집안의 운을 봐야겠지요.”

그는 머릿속이 멍해져서 바이원산에게 어떻게 처방을 받고 어떻게 그의 방에서 나왔는지 자신조차 도무지 알 수 없었다. 그런데 전화기 옆을 스치면서 문득 프 의사가 떠올랐다. 그는 재차 병원에 물어보았다. 이미 의사를 찾았다는 답을 들었으나, 너무 바쁜 나머지 가더라도 아주 늦을 것 같고 어쩌면 내일 아침에나 갈 수 있을지 그것도 장담할 수 없다는 대답이었다. 그래도 그는 오늘 밤 안으로 제발 꼭 와 달라고 거듭 부탁을 했다.

방에 들어와 불을 켜고 보니 징푸의 얼굴은 더 새빨개져 있었다. 틀림없이 더욱 붉은 반점들이 나타났고, 눈꺼풀도 부어올랐다. 자리에 앉아 있었지만 바늘방석에 앉아 있는 거나 다를 바

없었다. 갈수록 깊어 가는 고요한 밤의 정적 속에서 노심초사 기다리고 있자니, 자동차의 경적 소리들이 유독 또렷하게 들려왔다. 어느 순간에는 자기도 모르게 프 의사의 자동차다 싶어 마중하러 뛰어나가기도 했다. 하지만 자기가 문 앞까지 채 이르기도 전에 그 차는 벌써 지나쳐 버리고 말았다. 망연자실한 채 몸을 돌려 마당을 지나오는데, 휘영청 밝은 달이 서쪽 하늘에 떠오르자 이웃집의 오래된 홰나무가 땅바닥에 시커먼 그림자를 드리우고 있었다. 그것이 그의 침울하고 울적한 마음을 더 우울하게 만들었다.

갑자기 까마귀 울음소리가 들려왔다. 이건 그가 평소에 늘 듣던 소리다. 그 오래된 홰나무에는 까마귀 둥지가 서너 개 있었던 것이다. 그런데 지금은 너무도 놀라 차마 발이 떨어지지 않을 지경이었다. 심장이 떨리는 가운데 가만가만 징푸의 방으로 들어가 보니 동생은 눈을 감고 누워 있는데, 얼굴 전체가 온통 부어오른 것 같았다. 잠이 들지는 않았는지, 발소리에 갑자기 눈을 떴다. 그의 두 눈이 등불 속에서 이상하리만큼 슬프게 반짝이고 있었다.

"편지인가요?"

징푸가 물었다.

"아, 아니다. 나야."

그가 놀란 나머지 다소 당황스러워하며 더듬더듬 말을 이었다.

"나다. 그래도 서양 의사가 진찰하는 게 더 빨리 좋아질 것 같은데. 의사가 아직 안 오는구나……."

징푸는 대답 대신 눈을 감았다. 페이쥔은 창가의 책상 옆에 앉았다. 모든 것이 적막하기만 했고 환자의 가쁜 숨소리와 자명종 시계의 째깍거리는 소리만 들려왔다. 홀연히 멀리서 자동차 경적소리가 울렸고 그의 마음은 일순간 긴장되었다. 경적 소리가 점차 가까워지다 문 앞에 멈추는가 싶더니 이내 지나쳐 가 버렸다. 이러기를 몇 차례 반복하다 보니 그는 자동차의 경적 소리도 다양하다는 걸 알게 되었다. 호루라기 부는 것 같은 소리도 있고, 북 치는 소리 같은 것도 있으며, 방귀를 뀌는 소리 같은 것, 개 짖는 소리 같은 것, 오리 울음소리와 소 울음소리 같은 것도 있으며, 암탉이 놀라 우는 소리 같은 것도 있고, 흐느껴 우는 듯한 소리도……. 그는 불현듯 자신에게 화가 났다. 어째서 진작 프 의사 자동차의 경적 소리가 어떠한지 신경 써서 파악해 놓지 않았단 말인가?

맞은편 방에 사는 사람은 아직 귀가 전이다. 평소처럼 연극을 보러 갔거나 기방에 갔으리라. 밤이 깊어질수록 자동차도 점차 줄어들었다. 휘영청 은백색의 달빛이 종이창을 하얗게 비추고 있었다.

기다리다 지친 나머지 심신의 긴장도 서서히 풀리면서 더는 자동차의 경적 소리에 신경 쓰지 않게 되었다. 하지만 이번에는 어지러운 생각들이 들고 일어났다. 징푸의 병은 성홍열인 게 틀림없고, 고칠 수 없을 것만 같은 생각이 들었다. 그렇다면 집안의 생계는 어떻게 한단 말인가, 나 혼자서? 작은 도시에 살고 있다지만 물가는 날로 오르기만 하는데……. 나의 세 아이와 동생네 두 아이를 키우는 것도 힘든데 어떻게 학교까지 보내 공부시킬 수 있을까? 하나나 둘만 공부를 시킨다면, 물론 우리 아들 캉얼康兒이 제일 똑똑하니까, 그렇지만 남들이 틀림없이 동생 자식을 구박한다고 욕을 해 대겠지…….

장례는 어떻게 해야 하나, 관을 살 돈도 부족한 판국에 어떻게 고향까지 옮겨 간담? 잠시 공공 영안실에 맡겨 둘 수밖에…….

문득 멀리서 발소리가 들려왔다. 얼른 일어나 밖으로 달려나가 보니 맞은편 방 사람이었다.

"선제先帝는 백제성白帝城에서……."

느긋하고 나지막이 읊조려 대는 그의 노랫소리를 듣자 실망스럽고 화가 치밀어 달려가 욕이라도 퍼붓고 싶었다. 그 순간 휴대용 석유등을 들고 이쪽으로 오는 사환의 모습이 보였고, 등불은 뒤를 따르는 가죽구두를 비추고 있었다. 위쪽의 희미한 불빛 속에 키 큰 사람이 보이는데, 하얀 얼굴에 검은 턱수염을 한 사람으로 그는 바로 프티스였다.

그는 마치 소중한 보물이라도 얻은 듯 날듯이 달려가 그를 환자의 방으로 맞아 들어갔다. 두 사람은 나란히 환자의 침대 앞에

섰다. 그는 램프를 들어 비췄다.

"선생님, 열이 심하고……"

페이쥔은 숨을 헐떡이며 말했다.

"언제부터 그랬죠?"

프티스가 바지 주머니에 두 손을 넣은 채 환자의 얼굴을 찬찬히 바라보며 차분하게 물었다.

"그제. 아, 아니, 그…… 그 전날."

프 의사는 말없이 환자의 맥을 짚어 보더니 또 페이쥔더러 램프를 높이 추켜올리도록 하고 환자의 얼굴을 꼼꼼하게 들여다보았다. 그러더니 이불을 젖히고서 환자의 옷을 벗겨 보이도록 했다. 다 보고 나더니 이번에는 손가락을 펴서 배를 눌러 보았다.

"Measles……."

프티스는 나지막한 소리로 혼잣말을 하듯 말했다.

"홍역이라고요?"

그의 기뻐 들뜬 목소리가 마치 떨리는 것 같았다.

"홍역입니다."

"홍역이란 말이지요……?"

"네, 홍역입니다."

"너 아직 홍역을 앓지 않았었니……?"

그가 기쁜 나머지 징푸에게 막 묻고 있을 때 프 의사는 벌써 책상 쪽으로 가고 있었다. 그도 별 수 없이 얼른 그의 뒤를 따랐다. 의사는 의자 위에 다리 한쪽을 올려놓고 책상 위의 편지지 한 장을 뜯은 뒤 주머니에서 아주 짜리몽땅한 연필을 꺼내 책상 위에 댄 채 알아보기 힘든 몇 글자를 갈기듯 썼다. 그것은 처방전이었다.

"약방 문은 벌써 닫았을 텐데요?"

페이쥔이 처방전을 받아들고서 물었다.

"내일도 괜찮습니다. 내일 먹이도록 하세요."

"내일 한 번 더 봐 주실 건가요……?"

"다시 볼 필요 없습니다. 신 것, 매운 것, 또 너무 짠 것은 먹이지 마세요. 열이 다 내리면 소변을, 우리, 병원으로 보내십시오. 검사를 해야 하거든요. 이상입니다. 깨끗한 유리병에 넣고, 유리병 밖에다 이름을 쓰세요."

프 의사는 걸으면서 그렇게 말하고 오 원짜리 지폐 한 장을 받아 주머니에 집어넣고는 바로 가 버렸다. 페이쥔은 뒤따라가면서 프 의사가 차에 올라 출발하는 것을 보고 난 뒤 몸을 돌려 막 아파트 문을 지나치는데 뒤쪽에서 "gö, gö" 하는 소리가 두 차례 들려왔다. 그제야 그는 프티스의 자동차 경적 소리가 소 울음소리와 비슷하다는 걸 알게 되었다. 하지만 이제야 그걸 안다 한들 별 소용이 없다는 생각이 들었다.

방 안의 등불마저도 유난히 즐거워 보였다. 페이쥔은 만사가 다 해결되고 주변이 모두 평온한데도 왠지 마음만은 오히려 텅 빈 것 같았다. 그는 뒤따라 들어온 사환에게 돈과 처방전을 건네주면서 내일 이른 아침에 메이야美亞 약방에 가서 약을 사 오라고 일렀다. 프 의사가 이 약방만 가장 믿을 만한 곳이라고 지정해 주었기 때문이다.

"둥청東城에 있는 메이야 약방! 반드시 거기로 가서 사야 해. 잊지 말라고, 메이야 약방!"

나가는 사환의 등 뒤에 대고 이렇게 소리를 쳤다.

마당은 은백색의 달빛으로 가득했다. "백제성에서"라고 노래하던 이웃 사람도 잠이 들었는지 사방 모든 것이 고요하기만 했다. 책상 위의 자명종 시계만 유쾌한 듯 규칙적으로 재깍재깍 소리를 내고 있었다. 환자의 숨소리가 들렸지만 편안한 듯했다. 잠시 앉아 있노라니 갑자기 즐거운 기분이 들었다.

"너, 이렇게 다 컸는데 아직도 홍역을 앓지 않았었니?"

그는 무슨 기적이라도 경험한 듯 놀랍기도 하고 신기해서 물었다.

"……"

"하긴 너야 기억할 리가 없지. 어머니께 물어봐야겠지."

"……"

"그런데 어머니도 여기 안 계시니. 뭐 어찌 되었든 홍역을 앓은 적이 없단 말이잖아. 하하!"

페이쥔이 침대에서 눈을 떴을 때는 아침 햇살이 벌써 종이창으로 비쳐 들어와 그의 몽롱한 눈을 부시게 했다. 그런데 온 사지에 힘이 다 빠졌는지 그는 바로 움직일 수가 없었다. 또 등은 차가운 땀으로 흠뻑 젖어 있었다. 거기다 침대 맡에는 얼굴이 온통 피투성이인 아이가 서 있는데 자기가 그 아이를 막 때리려는 순간이었다.

하지만 이런 장면은 순식간에 사라졌다. 그는 여전히 자기 방에서 혼자 누워 자고 있었고, 딴 사람은 아무도 없었다. 그는 잠옷을 벗어 가슴과 등의 식은땀을 닦아내고 옷을 갈아입은 뒤 징푸의 방으로 건너갔다. "백제성에서"를 노래하던 이웃이 마당에서 양치질하는 걸 보니 시간이 꽤나 많이 흘렀음을 짐작했다.

징푸도 잠에서 깨어나 눈을 빤히 뜬 채로 침대에 누워 있었다.

"오늘은 좀 어떠냐?"

그가 얼른 물었다.

"좀 나은 것 같아요……."

"약은 아직 안 가져왔나?"

"아직요."

그는 책상 옆 침대와 마주하고 앉았다. 징푸의 얼굴은 어제처럼 그렇게 새빨갛지 않았다. 하지만 되레 자신의 머리는 아직도 혼란스럽고 또 꿈속의 단편들이 동시에 희미하게 떠올랐다.

징푸가 이렇게 누워 있었는데, 그것은 시체였다. 그는 서둘러 입관을 하고 홀로 관을 멘 채 문밖에서 안채까지 옮겨 왔다. 장

소는 고향 집인 듯 낯익은 얼굴들 여러 명이 주변에서 입을 모아 칭찬을 하고 있었다…….

그는 캉얼과 두 남매를 학교에 보냈다. 그런데 남은 두 아이도 학교에 따라가겠다고 울어 댔다. 그는 울어 대는 소리가 귀찮기 짝이 없었다. 하지만 동시에 자기가 최고의 권위와 가장 큰 힘을 갖고 있다고 생각했다. 그는 자신의 손바닥이 평소에 비해 서너 배나 커지고 마치 쇠로 만든 것만 같았다. 그 손바닥으로 허성荷生의 뺨을 후려갈겼다…….

이런 꿈의 잔상이 그를 엄습해 오자 두려워진 그는 후다닥 일어나 방 밖으로 나가려고 했다. 하지만 끝끝내 움직일 수 없었다. 또 이런 꿈의 흔적을 억눌러 떨쳐 버리고 싶었으나 이것들은 오히려 물속을 휘젓는 거위 털처럼 몇 바퀴를 돌다가 기어이 떠올랐다.

허성의 얼굴은 피투성이가 되어 들어왔다. 정작 자신은 제단으로 뛰어 올라갔다……. 아이 뒤에는 낯익은 사람, 낯선 사람들이 줄줄이 뒤따라왔다. 그는 그 사람들이 죄다 자신을 공격하러 오고 있다는 사실을 알아차렸다…….

"나는 결단코 양심에 거리낄 만한 일은 하지 않았어요. 당신들은 아이가 하는 거짓말에 속아 넘어가서는 안 됩니다……."

이렇게 내뱉는 자신의 말소리가 들려왔다.

허성은 그의 옆에 바짝 가까이 있었다. 그는 또다시 손을 들어…….

그는 정신이 번쩍 들었다. 극심한 피로감이 몰려왔고 등은 아직도 서늘하기만 했다. 징푸는 맞은편에 조용히 누워 있었다. 호흡은 좀 거칠었지만 아주 규칙적이었다. 책상 위에 있는 자명종 시계는 더 큰 소리로 재깍거렸다.

그는 몸을 돌려 책상 쪽으로 방향을 바꾸었다. 책상에는 가벼운 먼지가 내려앉아 있었다. 다시 얼굴을 돌려 종이창 쪽을 바라보니 달력이 걸려 있고 거기에는 예서체隸書體로 쓴 이십칠(廿七)이란 두 글자가 검은색으로 씌어 있었다.

드디어 사환이 약을 가져왔다. 또 한 보따리의 책도 들고 들어왔다.

"뭐예요?"

징푸가 눈을 뜨고 물었다.

"약이다."

넋이 나간 상태에서 그가 가까스로 깨어나 대답했다.

"아니, 그 보따리요."

"그건 나중에 보고, 어서 약이나 먹자."

그는 징푸에게 약을 먹인 뒤 그 책 보따리를 들고 말했다.

"쒀스索士가 보낸 거구먼. 분명 네가 빌려 달라고 했던 '*Sesame and Lilies*'일 거다."

징푸는 손을 내밀어 책을 받아 들었으나 책 표지를 보고 책등의 금박 글자를 쓰다듬어 볼 뿐, 곧 베개 머리맡에 내려놓고서

지그시 눈을 감았다. 잠시 뒤 설레는 마음에 나지막한 소리로 말했다.

"병이 다 나으면 번역해서 문화서관文化書館에 보내 볼래요. 얼마나 될지 모르겠지만 돈이야 되겠지요. 그들이 받아 줄지는 알 수 없지만……."

이날 페이쥔이 공익국에 도착한 시간은 평소보다 훨씬 늦어서 곧 오후가 될 무렵이었다. 사무실은 벌써부터 친이탕의 물담배 연기로 자욱했다. 왕웨성이 멀리서 알아보고 마중을 나왔다.

"어이! 왔구먼. 동생은 다 나은 거지? 난 별 일 없을 거라고 생각했는데, 전염병이란 게 해마다 있는 거라 뭐 대수롭지는 않았을 거야. 그렇잖아도 좀 전에 나와 이탕이 왜 안 오는가 하고서 걱정하고 있던 참이었거든. 이제라도 왔으니 다행이지! 그런데 자네 안색이 좀……. 그래, 어제와 좀 다른데."

페이쥔도 이 사무실과 동료들이 어제와는 좀 다르고 낯설게 느껴졌다. 모든 것이 그가 익숙하게 보아 왔던 것인데도 말이다. 부러진 옷걸이, 이 빠진 타구唾具, 먼지로 가득 덮인 어수선한 서류 더미, 다리가 망가진 소파, 그 소파에 앉아서 물담뱃대를 들고 연신 기침을 하며 머리를 흔들어 대 가며 탄식을 하는 친이탕…….

"그놈들은 또 안채에서 문 앞까지 나가며 쉴 새 없이 싸워 대고……."

"그래서요."

웨성이 그에게도 응대를 했다.

"내가 말씀드렸잖아요, 페이쥔 형제의 일을 자식들한테 들려줘서 아들들이 본을 받도록 해야 한다고 말예요. 그렇지 않으면 아버지가 정말 울화통이 터져 죽을지도 몰라요……."

"셋째 놈이 그러는 거야. 다섯째가 복권으로 날린 돈은 공금으로 처리가 안 되니까, 당연히…… 당연히……."

이탕은 기침을 하면서 허리를 수그렸다.

"참으로 '인간의 마음은 달라서'……."

그렇게 말하며 웨성의 얼굴이 페이쥔에게로 향했다.

"그래, 동생은 이제 좋아진 거야?"

"네, 별일 아니었어요. 의사가 홍역이래요."

"홍역? 그랬구나. 지금 바깥에 아이들이 홍역으로 야단들이더군. 우리 이웃의 아이들도 셋이나 홍역에 걸렸다니까. 그거라면 전혀 걱정할 게 없네. 그나저나 자네가 어제 그렇게 다급해하는 모습은 옆에서 보기에도 감동적이었어. '형제는 화기애애하다'라는 건 바로 이런 걸 두고 하는 말이지."

"그런데 어제 국장은 왔었나요?"

"아직 '행방이 묘연한 것이 황학과 같'다네. 가서 출근부에다 '출出'이라고 기입하면 되겠구먼."

"당연히 자기가 배상해야 한다는 거야."

이탕은 혼잣말을 중얼거렸다.

"그 복권이라는 게 정말이지 골치 아픈 것이더구먼. 난 도통 속을 모르겠어. 손을 댔다 하면 당하기 마련이라는데. 어젯밤에도 또 안방에서 문 앞까지 가면서 계속해서 싸워 대더라고. 다섯째 놈의 말로는 셋째 놈이 학교 다니는 아이가 둘이나 더 달려 있어, 공동의 돈을 더 많이 쓰고 있으니 안 된다는 거야……."

"이거야말로 정말 갈수록 태산이로세!"

웨성은 실망한 듯이 말했다.

"그래서 자네들 형제를 보면, 페이쥔, 나는 정말 '감복할 따름이지'. 아니, 분명하게 말하는 거네만, 이건 면전이라고 추켜세우는 게 아니라고."

페이쥔은 입을 꾹 다문 채 아무 말도 하지 않았다. 사환이 서류를 가져오는 것을 보고는 일어나 가서 받았다. 웨성이 따라가서 그의 손을 들여다보며 읽었다.

"'공민公民 하오상산郝上善 등의 청원서. 동쪽 교외에 신원불명의 남자 시체 한 구가 있으니 위생과 공익 차원에서 관을 지급하고 매장하도록 신속히 분국에 지시하여 주시기를 청원합니다.' 이건 내가 처리할게. 자네는 일찍 들어가게나. 동생이 아픈 게 걱정될 거 아닌가. 자네들은 정말 '위급할 때 울며 달려와 동료를 구한다는 할미새가 들에 있도다'네그려……."

"아니요!"

그는 서류를 놓지 않았다.

"내가 처리할게요."

웨성도 더 이상 뺏으려고 하지 않았다. 페이쥔은 안심한 듯 천천히 자기 책상으로 돌아가서 공문을 살펴보면서 손을 뻗어 청록색으로 얼룩진 먹물통의 뚜껑을 열었다.

1925년 11월 3일

작품 해설

루쉰魯迅(1881-1936)은 우리나라에서 가장 널리 알려진 중국의 문학가이자 사상가로서, 흔히 '중국 현대문학의 아버지'로 일컬어진다. 그는 저장성浙江省 사오싱紹興 콰이지會稽의 지주인 사대부 가정에서 태어났으며, 어렸을 적에는 서당인 싼웨이서옥三味書屋에서 전통교육을 받았다. 그러나 할아버지 저우푸칭周福淸(1838-1904)이 1893년(루쉰 나이 13세)에 과거科擧의 수험관 책임자를 뇌물로 매수하려던 일이 탄로나 구속·수감되고, 아버지 저우보이周伯宜(1861-1896)가 병으로 오랫동안 앓아누웠다가 세상을 떠난다. 이렇듯 가세가 몰락하는 가운데 그는 세상사의 염량세태를 일찍 맛보게 되었다.

그는 전통교육에서 벗어나 1898년 고향을 떠나 난징南京의 강남수사학당江南水師學堂 및 광무철로학당礦務鐵路學堂 등지에서 서양식 근대교육을 받았다. 이어 그는 1902년 1월 관비官費 유학생의 신분으로 일본으로 유학하여 도쿄의 고분학원弘文學院에서 일본어와 중등 수준의 학과목을 배웠다. 그리고 1904년 9월 일본 센다이仙臺 의학전문학교에 입학하였는데, 의학을 전공하여 자신의 아버지처럼 잘못된 처방으로 고통받는 환자를 치료하겠다는 희망을 품었다. 그러나 1905년 세균학 수업시간에 환등기로 보았던 사진은 그의 인생 행로를 바꾸었다. 그 사진에서 러일전쟁으로 승리한 일본군의 환호하는 모습과 함께 러시아의 정탐꾼 혐의로 총살당하는 중국인을 구경하는 또 다른 중국인들의 모습을 보았던 것이다.

어리석고 나약한 국민은 아무리 체격이 멀쩡하고 건장해도 구경꾼이 될 수밖에 없다고 느낀 그는 그들의 정신을 개조하는 일이 급선무라고 여겼다. 그리하여 그는 정신을 개조하는 가장 좋은 방법이 문예라고 생각하여 1906년 3월 센다이 의학전문학교를 중퇴하고 도쿄로 올라와 문예운동에 뛰어들었다. 이후 그는 문예잡지『신생』(新生)을 창간하려 하였으나 뜻을 이루지 못하였고, 1909년에는 동생인 저우쭤런周作人과 공역한『역외소설집』(域外小說集)을 출간하였으나 크게 주목받지는 못하였다. 이러한 좌절을 맛보았으나, 도쿄에서 문예운동을 전개하는 동안「인간의 역사」(人間之歷史),「마라시력설」(摩羅詩力說),「과학사교편」(科學史敎篇),「문화편지론」(文化偏至論) 등, 그의 초기 사상을 보여 주는 글들을 발표했다.

1909년 8월 일본 유학생활을 마치고 돌아온 그는 항저우杭州와 사오싱紹興에서 잠시 교편을 잡았다. 신해혁명 이후인 1912년 2월 난징南京의 중화민국 임시정부의 교육부 직원으로 발탁된 그는 5월 임시정부가 베이징北京으로 이전함에 따라 베이징으로 올라갔다. 이후 1926년 8월 샤먼厦門으로 떠나기까지 베이징에 거주하였던 그는 샤먼과 광저우廣州에서 잠시 생활하다가 1928년 10월부터 상하이上海에서 거주하였으며, 1936년 10월 19일 세상을 떠났다. 그는 1918년 단편소설 「광인일기」를 발표한 이래 소설과 산문, 잡문 등의 문필활동을 활빌히 전개하여 중국 현대문학을 대표하는 작가로 발돋움하였을 뿐만 아니라, 군벌 정권과 국민당 정부를 비판하는 사회활동에 적극 참여함으로써 선각자적인 지식인으로 중국인에게 각인되었다.

루쉰은 『외침』(吶喊), 『방황』(彷徨), 『새로 쓴 옛날이야기』(故事新編) 등의 소설집과 함께 『들풀』(野草), 『아침 꽃을 저녁에 줍다』(朝花夕拾) 등의 산문집, 그리고 『삼한집』(三閑集), 『이심집』(二心集), 『화개집』(華蓋集) 등의 잡문집을 출간했다. 이 책에서는 루쉰의 소설 및 산문 가운데에서 문학사적으로 중요할 뿐만 아니라 그의 글쓰기의 성격을 엿볼 수 있는 작품들 가운데 대중들의 폭넓은 관심과 사랑을 받아 온 대표작을 골라 엮었다. 이 책에 소개하는 작품 가운데 「광인일기」, 「쿵이지」, 「풍파」, 「고향」, 「아큐정전」은 『외침』(吶喊)에, 그리고 「축복」, 「이혼」, 「형제」는 『방황』(彷徨)에 실려 있다. 독자들의 이해를 돕기 위해 발표 순서에 따라 이들 작품에 대해 간략히 설명을 덧붙이고자 한다.

「광인일기」(狂人日記)는 1918년 5월 『신청년』(新青年) 제4권 제5호에 발표되었다. 이 작품에 '루쉰'이라는 필명을 처음 사용하였으며, 중국 현대소설사에서 최초의 현대소설로 간주되고 있다. 이 작품에서 피해망상증을 앓고 있는 '나'는 광기를 통해 수천 년의 중국 역사가 식인의 역사임을 밝혀내는 한편, 광인인 '나' 역시 식인의 피해자이자 가해자라는 성찰적 인식에 도달한다. 그리하여 '나'는 "사람을 잡아먹어 본 적이 없는 아이들이 혹시 아직도 있을까? 아이들을 구해야 할 텐데…….''라는 독백으로써 '참된 사람'이 나타날 희망을 미래의 아이들에게 기탁한다. 루쉰은 이 작품에서 광인이 지닐 수 있는 위험한 통찰력을 보여 줌과 동시에, 광기 속에도 이성은 존재하며 광기를 통해 진리가 드러난다는 것을 보여 주고 있다.

「쿵이지」(孔乙己)는 1919년 4월 『신청년』(新青年) 제6권 제4호에 발표되었다. 이 작품은 공간적 배경인 루전魯鎭의 주점 계산대를 중심으로 강렬한 대비를 보여 주고 있다. 즉 '계산대 밖에 기대선 채 죽순이나 회향두 등의 값싼 안주로 술을 마시는 짧은 옷차림의 막벌이꾼'과 '가게 이웃 방으로 들어가 느긋이 앉아서 술과 고기를 안주로 술을 마시는 장삼 차림의 손님'이라는 사회적 신분과 경제적 지위의 대비로 나타난다. 이 작품의 주인공인 쿵이지는 장삼을 입었지만 선 채로 술을 마시며, 말끝마다 문어文語를 주절대지만 남에게 빌어먹는 곤궁한 인물이다. 이러한 점에서 그의 의식과 존재는 분열되어 있으며, 계산대의 안팎 모두로부터 배제되어 있다고 볼 수 있다. 루쉰은 희화화된 쿵이지의 모습을 통해 시대에 뒤처진 봉건지식인의 비애와 말로를 그려 내고 있다.

「풍파」(風波)는 1920년 9월 『신청년』(新青年) 제8권 제1호에 발표되었다. 이 작품은 루전魯鎭이라는 시골 마을에서 황제가 보위에 올랐다는 소문에 변발로 인해 겪은 한바탕의 야단법석을 그려 내고 있다. 신해혁명이 가져온 일상적 삶의 변화라곤 변발을 잘라낸 것뿐인데, 황제의 보위로 인해 변발을 잘라낸 사람들은 머리통이 잘릴 것이라는 예감에 마을은 뒤숭숭하다. 마을 사람들의 의식은 주진九斤 할머니로부터 류진六斤 증손녀에 이르기까지 갈수록 태어날 때의 무게가 줄어듦이 보여 주듯이, '대代가 갈수록 시원찮아진다'는 주진 할머니의 퇴보적 세계관에 머물러 있다. 황제가 보위에 올랐다는 소문은 헛소문으로 밝혀졌음에도 불구하고 류진의 머리는 변발로 변하고 전족한 발로 뒤뚱거리고 있음을 통해, 루쉰은 혁명의 미완성 혹은 실패를 여실히 보여 주고 있다.

「고향」(故鄕)은 1921년 5월 『신청년』(新靑年) 제9권 제1호에 발표되었다. 이 작품은 루쉰이 1919년 12월 사오싱의 집안을 정리하여 온 가족이 베이징으로 이주했던 일을 소재로 삼고 있다. 이 작품에서 고향집을 정리하여 이역으로 이사를 가기 위해 이십여 년 만에 찾아온 '나'의 고향은 기억 속의 고향과 달리 황량하고 쓸쓸하며 생기 없는 곳으로 변모해 있다. 고향 사람들 역시 마찬가지로, 어린 시절 신기한 세상을 보여 주었던 룬투閏土와 젊었을 적에 '두부 서시西施'로 불릴 만큼 예뻤던 양씨네 둘째 댁은 외모는 물론 의식조차도 봉건적 관념에 사로잡힌 농투성이가 되어 있거나 약삭빠르고 영악한 여인으로 변모해 있다. 이런 암담함 가운데에서도 루쉰은 '본시 땅 위엔 길이 없었으나 다니는 사람이 많아지면 길이 되'듯이 희망도 그러한 것이라고 희망의 끈을 놓지 않는다.

「아큐정전」(阿Q正傳)은 1921년 4월부터 이듬해 2월 2일까지 베이징의 『천바오부간』(晨報副刊)에 연재된 중편소설이다. 이 작품에서 날품팔이 아큐는 '힘 있는 자에게는 양처럼 순하고 힘 없는 자에게는 이리처럼 강포'하며, '우리도 한때는 너보다 훨씬 대단했다'라고 자고자대自高自大하는, 중국인의 낙후되고 우매한 열등성을 전형적으로 구현한 인물 형상이다. 그는 '자신이야말로 자기를 경멸할 수 있는 제일인자'라고 생각함으로써 자신의 패배를 승리로 전환하는 정신승리법精神勝利法을 운용함으로써 노예근성을 드러낸다. 아큐는 혁명의 와중에서 혁명을 참칭함으로써 끝내 희생당하지만, 목숨이 끊기는 그 순간까지도 왜 죽어야만 하는지를 깨닫지 못한다. 이 작품은 신해혁명이 민중의 무자각에 의해 역사적 패배로 귀결됨을 보여 줄 뿐만 아니라, 국민성 개조라는 루쉰의 문제의식을 가장 잘 드러내고 있다고 볼 수 있다.

「축복」(祝福)은 1924년 3월 25일 반월간지 『동방잡지』(東方雜誌) 제21권 제6호에 발표되었다. 이 작품은 섣달그믐날 복을 비는 제사의 활기와 그날에 일어난 그녀의 죽음의 비참함이 선명하게 대비되는 가운데 샹린댁(祥林嫂)이라는 박복한 여인의 삶을 그려내고 있다. 그녀의 고통은 남편을 여읜 후 시동생의 결혼을 위해 시어머니에 의해 강제로 개가당하면서 시작되고, 두 번째 남편이 장티푸스로 죽고 아들이 이리에게 물려 죽은 후 시아주버니에 의해 쫓겨나면서 가중된다. 이처럼 그녀의 불행한 삶은 남성중심주의에서 비롯된 것이지만, 샹린댁을 결정적으로 죽음으로 내몬 것은 주위 사람들의 차가운 시선과 함께 '죽어서 저승에 가면 두 남자 귀신이 자신을 두고 다툴 것'이라는 미신의 강박이다.

「이혼」(離婚)은 1925년 11월 23일 『위쓰』(語絲) 제54기에 발표되었다. 이 작품에서 아이구愛姑는 젊은 과부랑 눈이 맞아 바람을 피우는 남편과 이런 남편을 감싸고 도는 시아버지에 질려 남편과 이혼하고 시댁 집안을 패가망신시키겠다고 다짐한다. 그러나 치七 대인에게 용감하게 자신의 주장을 펴던 아이구는 결국 '공적인 일은 공정하게 원칙적으로 처리한다'는 치 대인의 위엄에 눌려 애초의 사납던 기세를 꺾은 채 치 대인의 중재안을 받아들이고 만다. 하지만 루쉰은 치 대인이 죽은 사람의 염을 할 때 항문을 막는 비색屁塞을 코에 문지르는 모습을 통해 그의 위엄이 기껏해야 낡고 비루한 관념에서 비롯되고 있음을 풍자하고 있다.

「형제」(弟兄)는 1926년 2월 10일 베이징의 반월간 『망위안』(莽原)에 발표되었다. 이 작품은 동생이 성홍열에 걸렸을까 봐 이모저모 노심초사하던 형이 동생의 질병이 홍역이라는 의사의 진단을 듣고서 안심한다는 내용을 담고 있다. 이 작품은 직장 동료인 친이탕秦益堂의 자식들 간에 경제적 문제로 인해 벌어진 다툼을 다루고 있는 겉 이야기와, 동생의 질병과 의사의 왕진, 형의 악몽을 다루고 있는 안 이야기로 이루어져 있다. 안 이야기 속의 나와 동생은 동료의 자식들과는 사뭇 다르게 우애와 화목으로 맺어져 있는 듯이 보인다. 그러나 형인 '나'는 꿈속의 환각을 통해 자신의 무의식 속에 감추어진 내면세계의 비루함과 자신의 이중성을 마주하며, 자신이 행사해 온 권위와 권력의 폭력성에 대해 성찰하게 된다.

지금까지 루쉰의 소설 가운데 여덟 편의 작품을 살펴보았다. 루쉰의 첫 번째 소설집인 『외침』(吶喊)은 제목인 납함吶喊이 '적진으로 내달리는 우리 편 장수의 용기를 북돋우기 위해 외치는 응원'이라는 뜻을 나타내듯이, 『외침』에 실린 소설들은 대부분 봉건 이데올로기에 대한 비판정신을 보여 주는 작품들이다. 루쉰의 두 번째 소설집인 『방황』에는 신해혁명의 좌절, 5·4운동 이후의 암담한 출로 등으로 말미암은 지식인의 고뇌와 번민 등이 엿보이는 작품들이 많이 실려 있다. 그의 세 번째 작품집인 『새로 쓴 옛날이야기』(故事新編)는 제목 그대로 '옛일을 새로 엮은' 작품들을 모아 놓은 것이다. 여기에서의 '옛일'에는 여와女媧의 보천補天, 우禹의 치수治水, 노자老子의 출관出關 등이 포함되어 있는데, 이들 작품은 대개 옛일을 빌려 현재를 풍자하고 있다. 이 책에서는 안타깝게도 지면의 한계로 말미암아 『새로 쓴 옛날이야기』에 실린 작품은 한 편도 싣지 못했다.

옮긴이의 말

사실 생각해 보면 희망이란
본래 있다고도 혹은 없다고도 할 수 없다.
이건 마치 땅 위로 난 길과 같은 것이다.
본래 땅 위에는 길이 없었다.
걸어 다니는 사람이 많아지다 보면
거기가 곧 길이 되는 것이다.

루쉰魯迅의 단편소설 「고향」(故鄕) 끝머리에 실린 글이다. 희망이 부재한 시대, 낙담과 절망이 희망을 잠재운 시대에 '길'에 빗댄 한 올의 '희망'은 작가 루쉰을 일으켜 세운 힘이자 원동력이었을 것이다. 문득 이 시대와 닮아 있다는 느낌이 든다. 유난히도 무더웠던 지난여름, 루쉰의 문장을 놓고 번역과 줄다리기를 하면서 자연스레 떠오른 생각이다. 한 줄기 희망마저 간절한 시대를 살아가는 우리에게 중국의 현대작가 루쉰의 이 글은 위로이자 안타까움이다. 희망의 끈을 놓을 수 없는 삶의 몸부림은 때론 한여름의 태양처럼 치열하고, 때론 긴 겨울 끝자락의 햇살처럼 온화하다.

루쉰은 글 속에 자신의 인생을 송두리째 담았다. 이제껏 살아온 땅과 나라를 담았으며, 이웃과 낯선 이들의 삶을 그렸다. 작가는 평생에 3권의 단편소설집과 16권의 잡문집을 창작했고, 그 외에도 서신집 등과 학술저작도 집필했다. 이와 같이 적잖은 그의 창작은 중국의 여러 출판사에서 『루쉰전집』(魯迅全集)으로 출간되었다. 그 가운데 그의 대표작으로 일컬어지고 널리 알려진 주요 작품을 중심으로 옮긴이는 새롭게 번역 작업에 임했다. 번역은 또 하나의 창작이라 했듯이, 이 시대 이 자리에서 바라본 루쉰의 작품은 또 다른 느낌과 색깔로 다가온다. 한 시대를 풍미하고, 인본주의적 삶의 이상을 꿈꾸었던 작가는 그의 인생의 본질을 기듭 곱씹는 고뇌와 번민 속에 자신을 내어 주었다. 치열한 투쟁 뒤엔 허무가 밀려왔고, 허무를 지렛대 삼아 또다시 일어났으며, 그 어디서든 인간 본연에 대한 진지한 탐색의 끈을 내려놓지 않았다.

루쉰, 그는 누구인가? 1936년 세상을 뜬 이래 어찌 보면 이제는 세간에서 잊혀질 존재가 될 법도 한 세월이건만 그는 아직도 건재하게 '현대문학의 아버지'라 불리고 있다. 그의 일생이 불굴의 의지와 강인한 투쟁의 현장이었음을 증명이라도 하듯 그의 글은 끊임없는 저항과 희생, 긴장과 탐색의 팽팽한 현실을 고스란히 드러내고 있다.

루쉰이 태어나 자라난 시대는 청나라 말기와 민국 시대의 교차 시기로 근대로의 이행이 격류처럼 진행되던 혼란의 시대였다. 1911년 신해혁명으로 청나라 왕조정치가 막을 내렸고, 잡지 『신청년』을 중심으로 한 근대적 지식인의 '민주'와 '과학'을 향한 열망이 중국 사회에 적잖은 변화를 가져왔다. 뒤이어 일어난 1919년 오사운동은 그즈음 진행된 문학혁명의 기세를 여실히 확증한 사건이었다. 이 엄청난 변화 속에 루쉰 역시 고향 사오싱紹興을 떠나 난징南京으로, 또 일본으로의 유학을 단행했다. 신문물을 학습했고, 한때 의학을 공부했으며, 문학으로 전향한 후에는 거듭된 방황과 고뇌 속에 글을 통해 시대적 소명을 일궈 갔다. 전통과 근대가 충돌하고, 동서 문명에 대한 배척과 동경이 격돌했던 혁명의 시대에, 그는 어두운 삶 속에서 탈출구를 찾고자 노력했다. 또 그의 글 서문에서 밝히듯 '철로 된 방'이 안겨 준 절망감에 잠시 고민도 했으나 저항적 외침과 강인한 의지로 자갈길 인생의 고비와 경계를 무시로 넘나들었다. 그도 때로는 배회했고, 방황하는 지식인의 허무를 경험했다. 하지만 이를 오히려 자신의 모험과 투쟁의 정신으로 승화시켰으며, 이것이야말로 작가 루쉰이 난세를 헤치고 세상을 극복하는 힘이 되었다. 이제껏 세상을 호령하고 지탱해 온 진부하고도 위선적인 봉건적 사고는 더 이상 그에겐 용납될 수 없는 '식인吃人사상'일 뿐이었고, 이는 마땅히 척결되고 배제되어야 하는 구시대의 잔해일 뿐이었다. 현대소설의 효시라 불리는 루쉰의 「광인일기」(狂人日記)는 바로 이와 같은 그의 사고를 여실히 드러내는 대표작이라 하겠다. 아울러 그의 또 하나의 대표작으로 불리는 「아큐정전」(阿Q正傳)

역시 그 시대의 평민이자 하층민으로 살아야 했던 '아큐'라는 인물의 설정을 통해 시대의 아픔과 어리석음, 그리고 인생의 그늘과 역사의 암울을 여과 없이 드러낸 작품이다. 그 외에도 여전히 깊이 있게 인생을 통찰한 그의 작품을 통해 독자들은 작가의 고민에 다가가고 또 공감한다.

작가 루쉰은 우리에게 끊임없이 질문한다. 당신은 누구이며, 어떤 시대를 살아가고 있냐고……. 이 책의 번역을 마치며 나 역시 독자의 한 사람으로 그 질문에 귀 기울여 본다. 그리고 잠시 사색에 잔긴다.

루쉰과 함께한 무더웠던 여름을 뒤로 하고 어느덧 옷깃을 여미는 계절이 새삼스럽다. 이 책의 번역을 기획한 〈달섬 세계고전〉 편집위원 선생님들과 편집부 직원들에게 감사드린다. 아울러 이 책이 현대 중국을 이해하고 소통하는 데 다소간의 보탬이라도 되었으면 하는 바람이다. 부족한 부분에 대한 독자들의 질정을 겸허히 받고자 한다.

2018년 10월 29일

옮긴이 씀

루쉰 연보

1881년(청 광서光緖 7년): 9월 25일 저장성浙江省 사오싱부紹興府 콰이지현會稽縣 둥창팡東昌坊 어귀 신타이먼新臺門 저우周 집안에서 출생.

1892년(광서 18년): 싼웨이서옥三味書屋에 입학하여 스승 서우징우壽鏡吾에게서 공부함.

1902년(광서 28년): 일본 유학길에 올라 일본 도쿄 고분학원弘文學院에 입학함.

1904년(광서 30년): 센다이仙台 의학전문학교에 입학하여 공부함.

1906년(광서 32년): 세균학 강의를 받다 '러일전쟁 교육 환등회幻燈會'에서 일본 병사가 중국인을 살해하는데도 중국인이 얼빠진 표정으로 구경하고 있는 장면을 보고 크게 자극을 받아 의학 대신 문학으로 전향하여 문예로써 중국인의 정신을 개조하기로 결심함.(환등기 사건) 센다이 의학전문학교를 중퇴함.

1918년(중화민국 7년): 「광인일기」(狂人日記)를 완성하여 5월 『신청년』(新青年) 제4권 제5호에 발표하고, '루쉰'이라는 필명을 사용하기 시작함.

1921년(중화민국 10년): 소설 「아큐정전」(阿Q正傳)을 베이징의 『천바오부간』(晨報副刊)에 연재하기 시작하여 이듬해 2월 2일에 마침.

1922년(중화민국 11년): 첫 번째 소설집 『외침』(吶喊) 출판.

1923년(중화민국 12년): 베이징 여자고등사범학교와 베이징 세계어전문학교에서 강의함.

1926년(중화민국 15년): 정부의 실정을 비판하는 반정부 시위로 3.18참안이 빚어짐. 이로 인해 루쉰에게도 체포령이 내려짐. 교육부 및 대학강사직에서 물러남. 베이징을 떠나 샤먼廈門대학 문과교수로 취임. 소설집 『방황』(彷徨)을 출간.

1927년(중화민국 16년): 샤먼을 떠나 광저우廣州로 가서 중산대학 문과교수를 역임. 4.12사건으로 중산대학 교수직을 사직하고, 상하이上海로 옮겨 옴. 산문시집 『들풀』(野草)을 '오합총서烏合叢書'의 하나로 출판.

1930년(중화민국 19년): 중국좌익작가연맹中國左翼作家聯盟 주석단에 선임됨.

1936년(중화민국 25년): 1935년 작업한 『새로 쓴 옛날이야기』(故事新編)를 출판.

10월 19일 세상을 뜸.

루쉰(1881-1936)

저장성浙江省 사오싱紹興 콰이지會稽 출신으로 흔히 '중국 현대문학의 아버지'로 일컬어진다. 본명은 저우수런周樹人이며, 루쉰은 그의 필명이다. 1918년 5월 중국 현대소설의 효시로 평가받는 「광인일기」(狂人日記)를 『신청년』(新青年)에 발표한 이후, 「쿵이지」(孔乙己), 「아큐정전」(阿Q正傳) 등의 소설과 산문, 정치시평에 해당하는 다수의 잡문을 발표했다. 소설집으로는 『외침』(吶喊), 『방황』(彷徨), 『새로 쓴 옛날이야기』(故事新編)을 출간했으며, 산문집으로 『들풀』(野草), 『아침 꽃을 저녁에 줍다』(朝花夕拾)를, 그리고 잡문집으로 『삼한집』(三閑集), 『이심집』(二心集), 『화개집』(華蓋集) 등을 출간했다.

옮긴이 김은희

이화여자대학교 중어중문학과를 졸업하고, 서울대학교 대학원 중어중문학과에서 석사 및 박사학위를 받았다. 현재 전북대학교 중어중문학과 교수로 재직하고 있다. 박사학위 논문으로 「1920년대 중국여성소설 연구」가 있으며, 저·역서로 『신여성을 만나다』, 『중화유신의 빛 양계초』, 『역사의 혼 사마천』, 『중취독성의 시인 굴원』, 『서하객유기』(1-7권), 『걸어서 하늘 끝까지』, 『푸핑』, 『1930년대 중국여성소설 명작선 1, 2』 등이 있다. 주요 논문으로는 「王安憶의 『富萍』과 上海 移民者의 서사」, 「20세기 前半의 중국 여성작가의 賢母良妻論-陳衡哲과 冰心을 중심으로」, 「莫言의 『탄샹싱』(壇香刑)-카니발적 요소를 중심으로」, 「蕭颯의 小說에 관한 小考」 등이 있다.

달섬 세계고전 5

루쉰 명작선

지은이 루쉰
옮긴이 김은희
펴낸이 이남호
펴낸곳 달섬

초판 1쇄 인쇄 2018. 12. 23
초판 1쇄 발행 2018. 12. 31

달섬 전라북도 전주시 완산구 어진길 32 (풍남동2가)
전화 (063) 219-5322
FAX (063) 219-5323
출판등록 2012년 8월 20일 제465-2012-000021호

값 9,000원

ISBN 979-11-6372-009-6 04820
ISBN 979-11-6372-001-0(세트) 04080

이 도서의 국립중앙도서관 출판예정도서목록(CIP)은 서지정보유통지원시스템 홈페이지(http://seoji.nl.go.kr)와 국가자료종합목록시스템(http://www.nl.go.kr/kolisnet)에서 이용하실 수 있습니다. (CIP제어번호 : CIP2018037764)

'달섬'은 전북대학교출판문화원의 임프린트입니다.